中公文庫

ド・レミの子守歌

平野レミ

中央公論新社

目次

目次

はじめに

私の父は詩人でフランス文学者で、本を三百冊も書いた人ですが、私は勉強が嫌いで、作文を書くのも苦手でした。父は私に「勉強ができなくても本は読め」とよく言っていたけれど、私は本もあまり読みませんでした。

そんな私に、雑誌社から連載の依頼が来ました。それがたまたま妊娠、出産の頃だったので、そのことを書き始めたら、書くことがたくさんありました。

赤ちゃんは可愛いし、可愛いけれど心配だし、心配だけど嬉しいし、嬉しいけれど忙しくて大変だし。そういうことを書いているうちに、書くことが楽しくなりました。何よりも自分の記録になって、それがこの子にいつか伝えられると思うと幸せになれました。

子どもたちはもう一人前の大人です。私にわからないようなカタカナ語を使います。インターネット用語らしいです。世の中ずいぶん変わりました。でも、最近孫を持って改めて感じたことは、自分が子育てをしていた頃を思い出してみても、子育ての大変さと幸せ感覚はまったく変わっていないということでした。この本を読んでくださる未来のお嫁さんや、これからお母さんになる人たちが、この本に少しでも共感してくださったら、とても嬉しいです。

二〇一三年六月

平野レミ

挿画　著者
本文組　細野綾子

ド・レミの子守歌

I

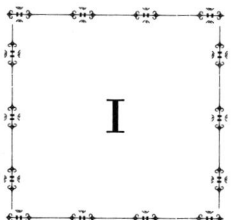

げんこつやまのたぬきさん

私は二年半前に結婚した、まあまあ新品の主婦。結婚する前はラジオの仕事をしたり、シャンソンを歌ったりしていた。

仕事は、めちゃくちゃ楽しくて、どういうふうに楽しいかというと、好きなことを何でもかんでもおかまいなしにしゃべって、それでもお金をもらえたから、これでお金もらえるなんて世の中まちがってるんじゃないかしらと思ったほどだった。

放送コードにひっかかるようなことも言っちゃって、ディレクターはハラハラしていたらしいけれど、私はコードのことなんか考えもしなかった。

私がやってたラジオの仕事は、生放送の始まるぎりぎりの時間に行って、打合せもなしでいきなりしゃべっちゃうから、時間も楽だった。

ラジオに比べると、テレビの仕事は五倍も時間がかかる。某テレビ局なんか、リハーサルを何度も何度も何度もくり返す。誰かがダジャレを言って、それを私が「あああおもしろい」とアハハと笑うようなやつも何度もやるから、もうシラケちゃって、ＯＫが出たときにはおもしろくもおかしくもなくなっているのだ。

そんなふうだから、テレビの仕事はあんまり好きじゃないし、それにメーキャップとか髪の毛いじくったりするのも時間がかかってめんどくさいから、私はラジオの仕事のほうが好きだった。仕事というよりは遊びのつもりでやっていたみたい。
仕事をやりながら、恋のようなものもいっぱいしたし、結婚しそうになったこともちょっとあるけれど、なんとなく恋

と結婚とは違うなあという感じがして、結婚のことを考えると先が真っ暗になってしまう。私は一生結婚できないタチだと思っていた。

そんな時に今の夫が現われて、インスピレーションというのでしょうか、知り合って一週間で、ほいと結婚してしまった。

仕事も楽しいけど、結婚のほうがもっと楽しいような気がしたのだ。二年半たった今、そのころよりももっと楽しくなっている。だから私のインスピレーションはまちがいじゃなかった。

結婚というものは、つくづく不思議なもので、それまで他人だった二人が急に一つの家に住んで、平気で一緒に寝てしまう。もしかしたら夜中に殺されちゃうかもしれないのに、今まで殺されないで、目を覚ますと、ちゃんと私は生きている。結婚というのは信頼のかたまりだと、ひしひし思う。

結婚したので、私は空気のいい緑がいっぱいの千葉県から、東京のど真ん中の青山に来た。ここでまず驚いたのは、朝起きて三面鏡の前のほこりをふいたらば、どす黒い油煙みたいなほこりがタオルにくっついてきたことで、こりゃ大変、肺の中が真っ黒になってすぐ死んじゃうと思った。

その代わり、ここはとても便利なところで、買いたいものは五分以内に買えるし、どこに行くにも交通は楽だし、おいしいパン屋さんもいっぱいある。だけど値段は高い。

私はパンが大好きで、毎日パン食でもかまわないのに、夫はパンのことを代用食と呼んで、パンを食うと胸につかえるといってけぎらいするのだ。戦争中に育った人はお米以外は代用食といったらしいから、夫も戦争の落し子の一人なのだ。

夫は私が作る料理を何でもおいしいおいしいと食べるのだけれど、

「混ぜご飯と白いご飯とどっちがいい？」

ときくと、絶対、

「白いご飯」

と答える。

これも戦争のなごりらしい。戦争中の混ぜご飯と今の混ぜご飯はまるで中身が違うのに、それを知ってるはずなのに、戦争の傷跡というのはこんなにも深く残るものなのかしら。

私は料理を作るのがとっても大好きで、人が食べて、「おいしい」と言ってくれるのが、いちばんの快楽。自分でデタラメ作って、それがおいしくできたときは最高にうれしくて最高に自信にあふれちゃうけれども、デタラメ料理なので、やり方の順序や材料や調味料の分量を忘れてしまう。だから一回こっきりしかできない。でもそれがほんとうの芸術なのかもしれないと、ひそかにほくそえんじゃうこともある。

料理屋さんに行ったときに、おいしいものが出ると、

「どうやって作るんですか」

ときいても、たいていはウフフと笑ってはっきり教えてくれない。

そういうとき、よーしと思って自分で考えてやってみる。同じようにできるとざまあみろと思う。いちばんざまあみろだったのは、中国料理の「おこげ料理」で、これはご飯のおこげを油でからからに揚げたところに、豚肉やあわびなど十種類くらいの具を、鶏ガラのスープで煮て、かたくり粉でどろどろにしたのを、ジャッとかける。これはまったく料理屋さんよりうまくいって、エヘ

へへとなった。夫も喜んで友だちをよんで、ごちそう大会をする。

夫はいつもご飯時になると、誰かをよぼうと言いだすので、私は困ってしまう。急に言われたって、材料が人数分ないし、用意も簡単にはできない。男って、そういうことがなかなかわからないものらしい。

わからないといえば、うちの夫は私が新しい洋服を着ていても全然気がつかない。前から持ってたものを着ているときとおんなじ目で見る。パーマ屋さんに行ってきれいにセットしてきた日も、私はロングヘアだけどショートカットのかつらをかぶっていても、わからない。

あんまり気がつかないから私のほうから、

「何か変わっているでしょ、気がつかない？」

ときくと、

「ん？」

と言って私をしげしげと見てから、

「どこが？」

と言うので、まったくいやになってしまう。

夫はおしゃれに関心がなくて、新しい洋服を買おうとしない。私ばっかり買うのは気がひけるから、夫の分も買おうと言うと、必ず、「いらない」と言う。そんなら私と一緒に歩くときくらい、せめてズボンの裾を普通にして歩いてくれればいいのに、お天気のいい日でも裾をまくって、

「このほうが歩きやすい」

と言うのだ。

私たちの住んでいる青山近辺はおしゃれな人がいっぱい歩いていて、男でもヒールの高いのをズボンで隠してズルして足を長く見せているのに、わざわざ裾をまくることはないと私は思う。

夫は自分で買い物に行くのをめんどくさがるので、私がジーパンなんかかっこいい長さにしてもらって買ってくる。そうすると夫は、裾を靴のかかとで踏んづけちゃって転びそうになる、と文句ばっかり言って、まくってしまうのである。

そんなこんなで、家の中の用事がごちゃごちゃとあって、結婚してからはラ

ジオのレギュラーもやめて仕事の量はうんと減らして、時々しかやっていない。続いている仕事はシャンソンを歌うことで、私はこれが本職だと思っている。でもラジオでバカ声出しているのばかり人に知られちゃったので、

「レミちゃんは歌も歌えるの？」

と驚く人もいるのだが、ほんとうは私はシャンソン歌手なのだ。ただし、もともと歌は仕事の量が少なくて、結婚しても同じペースで、月に数回、銀座のシャンソン喫茶「銀巴里」で歌っている。

私はレコード歌手としては、シングル盤を四枚出した。ほんとうは私はレコードを出すのなら「枯葉」とか「愛の讃歌」みたいな、古いシャンソンで私の大好きな曲を吹き込みたかったのに、シャンソンじゃ売れないからといって四枚とも流行歌で、それも流行しない流行歌だったので、私は流行しない流行歌手だった。

吹き込んだのは、最初が「誘惑のバイヨン」で、これは結構売れて公称十万枚。ほんとうは三万枚ほどらしい。これが私のいちばん売れたレコードで、次に出したのが「恋は気まぐれ」、その次が「明日の旅」、最後が「カモネギ音

頭」だ。私はシャンソン歌手のつもりだったのに、「カモネギ音頭」はものすごく下品な、

あたしゃトウチャンが待ってるの

じゃんじゃん飲ませろ

酔わせて放りだせ

カモネギ音頭でガバチョのパッ

という歌詞だから、「枯葉」とはあまりにも違うので、現実はきびしいと思った。

「カモネギ音頭」は競作ということになり、どこかの会社のもう一人の歌手も吹き込んで同時発売になった。

そのころ、業界新聞で「カモネギ音頭の対決」という企画で、その二人が対談することになった。

私はマネージャーもなく、プロダクションにも所属していなかったから、一

人でその場所に行った。相手の女性は付き人やらマネージャーやら大勢くっついて、スターという感じで、鼻息荒く、闘志満々でやって来た。

私は競争心がまるでなくて、

「どうぞがんばってやってください」

と相手を応援してしまったので対談はおもしろくなくなり、新聞社の人は、

「もっとケンカ腰で対決してくれ」

と言った。

でも、なにしろ相手は銀座通りで道行く人にねぎを配って歩くというキャンペーンまでする熱心さだったのに、私は最初からのっていなかったので、シラケた対談で終わってしまった。

私がラジオのレギュラーをやめたので、私のレコードがラジオでかかることもなくなり、それではレコードが売れないので吹き込みの仕事もそれ

つきりになっていた。

今年になってから、突然、

「童謡を吹き込みませんか」

という電話をもらった。

それはあの「カモネギ音頭」のディレクターだった。童謡なんて小さい時に歌ったきりで、大きくなってから歌ったこともないし、もちろん吹き込んだこともない。

でも童謡はふるさとのような気がして、とても興味があって、

「やります」

と返事した。

私が歌うのは「げんこつやまのたぬきさん」と「サッちゃん」とテレビの「アルプスの少女ハイジ」の主題歌「おしえて」の三曲で、童謡集のＬＰに入るものだった。私は童謡に縁がなかったので「サッちゃん」しか知らなかったが、テープをもらって練習した。

練習しているときに中山千夏ちゃんが遊びに来た。私の歌ってるのを千夏ち

やんが聞いて、

「それじゃレミちゃん、シャンソンだよ」

と言って見本に歌ってくれた。

童謡はかわいく楽しく無邪気に歌うといいと言ってくれた。そのとおりにやると、なるほどほんとうにうまくいくのだ。千夏ちゃんは即席の先生だった。

レコーディングはまあまあうまくいったと思う。私が童謡を歌うなんて珍しいことだし、せっかく歌うのだから自分の子どもに聞かせてやったら最高だなと、ふと思った。それから考えたのは、もしかしたらほんとうに子どもができるかもしれないということだった。

今年の夏は、千夏ちゃん夫婦と、私たち夫婦で、一か月くらいヨーロッパに行こうと約束していた。ある日、千夏ちゃんから、具体的なスケジュールの打合せをやろうよ、と電話があった。

私は、

「ちょっと待って。それが変なのよ。一週間遅れてるのよ」

と言った。

私はその時は、まだ信じられなくて、ただ生理が遅れているのだろうと思っていた。聞いた話では一か月も遅れる人だっているらしいし、想像妊娠というのもあるらしい。千夏ちゃんは、

「お医者に行きなさいよ」

と言った。

それから、また童謡を歌うという仕事が来た。今度はテレビの「ひらけ！ポンキッキ」の中で使われる歌二曲だった。続けてまたまた童謡なので、これはいよいよ神様が仕掛けしたのかなあ、と思った。

病院に電話したら、

「牛乳びんに半分お小水をとって持っていらっしゃい」

と言われて、うちでは牛乳をとっていなかったので買ってきて、中身を飲んでその代わりにおしっこを詰めて恥ずかしながら持っていった。

二時間待たされて、結果は妊娠反応なし。でも先生は、初期ははっきりプラスと出ないけれど、生理がないということは妊娠にまちがいないでしょう、一

週間後にもう一度いらっしゃい、とのこと。

一週間後に、また牛乳を買った。

病院に行くのにタクシーをとめたら、前に二人のっている。運転手が二人もいるのはおっかないと思って、ちゅうちょしてなかなかのらなかった。そしたら、

「見習い運転手に指導してるんです。心配しないでどうぞどうぞ」

と言う。のってから私は、

「こんな車はじめて」

と言った。そしたら助手席の男は、

「お客さん、ついてますよ。こういう車にはめったに当たるもんじゃないですよ。今日はお客さん、いいことありますよ。絶対ありますよ」

と言う。

病院で二時間待たされた。そして先生に言われた。

「ご妊娠です。おめでとうございます」

帰り道、おなかの中にもう一人人間がいるんだと思うとおかしくて、不思議

な気持ちで、歩きながらひとりで歯を出して笑ってしまった。

うちに帰ると電話が鳴っていた。千夏ちゃんだった。

「どうだった？」

ときかれて、私は、

「ヨーロッパ、だめになっちゃった」

と答えた。私の妊娠を最初に知ったのは千夏ちゃんで、夫は二番めになった。夫に知らせた時は、もうレコーディングの時間が迫っていて、出かけなければならなかった。その日は「ひらけ！　ポンキッキ」の歌を吹き込む日だったのだ。

歌い終わった時、担当のディレクターが私に、

「子どもはつくらないの？」

ときいた。私は、

「できたばっかり」

と言うのはあんまり生々しいので、ただ、アハハハと笑っていた。

パダム・パダム

赤ちゃんができたことを実家に知らせようと思った。すぐに電話しようと思ったけれど、きまりが悪くてなかなか電話できなかった。

どうしてきまりが悪いかというと、赤ちゃんができる原因はあまりにも生々しくて恥ずかしいと、私は意識過剰で思ってしまったのです。

「恥ずかしかったらおれが電話するよ」

と夫が受話器を取った。夫は私の父に、

「今年中にお孫さんがまた一人増えますよ」

と言った。父はそれを聞いて、

「おれは驚かないよ、おれは興奮しないよ」

と言ったそうだ。そして母に替わった。そこで初めて私が電話に出た。

母はとっても喜んでくれた。

「まあ、よかったわねえ」

と高らかな声で何度も言った。

私の妹は学生結婚して、静岡の歯医者さんのところに行った。もう子どもが三人もいる。三人ともかわいくて、とくに下の二人は西洋人のような顔をしている。色白でまつげが上向いてて、目はパッチリして髪の毛はカールしている。妹ともだんなさんともまるで似ていない。

私のおじいさんはアメリカ人だから、四分の一の混血だけど、妹のミカは純日本人の顔をしている。だけど八分の一の子どもたちは突然変異というのか何か知らないが、混血児みたいになっちゃった。私の場合はどうなるだろうか。楽しみだけど、こればっかりはわからない。

母は後から私に、

「実はとっても心配してたのよ」

と言った。

「ミカちゃんの子どもたちがかわいいから、その話をしたかったんだけど、レミちゃんの前で子どもの話をすると悲しむだろうと思って、しなかったのよ」

母は私に、

「子どもは大変だから、いないほうが楽よ」

と言っていたのだ。

でもそれは、私になかなか子どもができないので、慰めてくれていたらしい。本人はまったく気楽に考えて、なるようになればいいと思っていたのに、まわりは気をつかったりしていたのだった。結婚してから、二年と三か月目の妊娠です。二年くらい子どもができなくても、私は考え込んだりしたことはなかったけれど。

でも、もっと長く子どもができないと深刻になるらしくて、私の友だちで結婚五年目にまだ子どものいない人がいるのだが、その人に妊娠したことを電話したら、次の日向こうから電話があって、

「ゆうべ一晩中泣いちゃったの。レミちゃんが遠くのほうに行っちゃったような気がして。子どもかわいがるから、ずっとつきあってね」

と言うのだ。

かわいそうで涙が出そうになってしまった。

そうしてまわりを見ていると、私は今まで気がつかなかったけど、子どもができないで悩んでいる人が知合いにたくさんいて、そういう人たちの話を聞いていると、ああ私はもっと喜ばなくちゃいけないなあと思えてくる。

夫の友だちの奥さんで、私より三か月早く妊娠した人がいる。私が妊娠したら、この人と急速に親しくなった。妊娠した人どうしは話題も共通で、お互いに生まれて初めての体験で、毎日電話し合って、体のことや食事のことなんかで話がはずみ、一緒に散歩に行ったりする。

実家に帰ると、父はゲラゲラ笑った。この日は私が妊婦になって初めて顔を合わせた時だった。父は、

「レミがおっかさんかよ」

と言って、でんぐり返って顔を真っ赤にして笑った。

その後も兄や友だちが笑った。私のことをよく知っている人はみんな笑う。ほんとに失礼しちゃう。私にもちゃんと子宮や卵管がくっついていて、卵も毎

月ちゃんと出ていたのに。

身内と、うんと親しい友だちしか知らないうちに、どこから聞いたのか女性週刊誌が取材させてくれという。夫の仕事場に電話が来た。夫は女性週刊誌が大きらいだから、すぐ断わってしまった。それっきり週刊誌の人とは話もしていないのに、一週間くらいたったら、ちゃんと記事になって出ていた。

タイトルは「平野レミてんやわんやのああ妊娠」と書いてある。

わが家は騒動を起こしたこともないし、いったい何がてんやわんやかさっぱりわからない。静かな環境で平穏無事に妊娠しただけなのに、週刊誌にかかると「てんやわんや」になってしまうらしい。

もっとひどいのは記事の中身で、私が母に電話をかけて、

「かあちゃん、メンスがとまってるんや」

と言ったことになっている。

私はラジオで三年間ワアワアとにぎやかに放送をやっていたから、そのイメージで創作したのだろう。けれど私は「かあちゃん」なんて言葉をつかったことはないし、「メンス」という言葉をつかったこともない。

今、普通の女の人で「メンス」なんて言う人はいない。たいてい「生理」という言葉をつかう。それに「とまってるんや」というのは関西弁だから、私は関西に住んだこともないのに、こんなふうに言うはずないのだ。

それから、夫が喜んで木馬を買ってきたと書いてあった。これはまったくでたらめで、そんなことしたこともないし、話題にしたこともない。第一赤ちゃんといったってまだ五ミリくらいで、実感もわかないでいるのに。

夫は、

「おれはそんなおっちょこちょいじゃねえや」

と言って、ますます女性週刊誌がきらいになった。

妊婦にはなったけれど、実感はなかなかなくて、おなかはぺっちゃんこだし、つわりはないし、母親になるということがなかなか信じられなかった。

先生に妊娠と言われても、私は生理が遅れているだけで、そろそろ生理が来るというふうにしか考えられなかった。そうしたらある日、懐かしき生理が来た。ほうら、やっぱり生理が来たと私は思ったが、心配なので先生に電話した。

「それは流産兆候だから絶対安静にしてなさい。病院に来てもいけません。お小水を家族のかたが持ってきてください」

と先生に言われた。夫は、

「あーあ」

と言いながら、私のおしっこを牛乳びんに詰めて病院に持っていった。

検査の結果は、

「赤ちゃんは元気です」

と言われたそうだ。

「ションベンだけで元気がどうかわかるのかなあ」

と夫は不思議そうに言った。

なにしろ二、三か月が赤ちゃんのおっこちやすい危ない時なので、私は慎重におとなしくしていた。出血は一日おきくらいに、ほんの少しずつあった。すずめの涙ほどだったし、体はまったく元気だったから、一週間もじっとしていたら、もう退屈しちゃって動きたくてしょうがない。

夫は本を何冊も出してきて、

「読んでごらん」

と言った。

私はそれまで本をまったく読まなかったけれど、あんまり退屈だから、生まれて初めて本を読んでみようかという気になった。生まれて初めての体験の時、生まれて初めての体験をまたしちゃった。

初めに読んだのは中山千夏ちゃんの『千夏一記』で、これは千夏ちゃんが妊娠してから、病気と妊娠がかち合っちゃって、とうとう妊娠が負けて、七か月でおっこっちゃうまでの闘いの記録が詳しくつづられている。私は感動して、読みながら喜んだり泣いたりして忙しかった。自分が妊娠していたから、よけいひしひしと感じた。男にはあの気持ちはわからないと思う。

寝ている間に本を五冊読んだ。とってもインテリになった。もっと病気をやってれば、ほんとうにすてきなお母さんになっただろうと思う。

寝ていたのは三週間くらいだった。その間、夫の友だちやその奥さんたちが、とっても優しく親切にしてくれた。私よりも三か月前に妊娠した先輩で、夫の

友だちのKさんの奥さんは、うちへ出張して食事を作ってくれた。そのうえ、うちの食器を洗わなくてもすむように、おなべやお皿やお箸まで持ってきてくれた。

渥美清さんからは果物が届いた。そして電話で、

「その後どうですか」

と時々お見舞いを言ってくれた。

渥美さんは若いころ長いこと入院していたことがあるので、病気のつらさはよくわかるから、と言って励ましてくれるのだ。渥美さんの経験に比べたら、私なんか一億分の一くらいの、病気ともいえない病気なのに、ほんとうにあのあたたかさには恐縮してしまった。

黒柳徹子さんは「嫁に」と言ってばらの花束を夫に渡してくれた。黒柳さんは私のことを直接にも「嫁」と言うのです。

立木義浩さんの奥さんのミッちゃん奥さんは、雨のザアザア降る日に、両手に大きな袋を三つずつ持って傘も持って、明るい声で、

「どうしたの？　平気？」

と言いながら入ってきた。

大きな袋には、肉やらすいかやらパンやらケーキやら、いっぱい入っていた。そして腹帯も入っていた。私はまだ見たことも締めたこともなかったのに、

「これしないとだめよ」

と言って渡してくれたので、すぐつけたらば、ほんとうに妊婦らしくなって実感がわいてきた。

ミッちゃん奥さんは、しばらく掃除してない汚い台所を、どんどんかたづけて掃除をして、なめるようにきれいにしてくれた。

そしてローストビーフやらスープやらサンドイッチやら、いろいろ作ってくれた。ミッちゃん奥さんには、

「ちょっとぐあいが悪いので、家政婦さんを紹介してちょうだい」

と電話しただけだったのに。

そのほかにもいろんな人から優しくされて、私は感謝のしっぱなしだった。人が病気のときに、私があんなふうにできるかどうか心配になった。たった三週間だけど、寝ている間にいろいろの勉強をした。人に優しく親切にしなくちゃいけないと教えられた。ほんとうにそういうふうにしようとしみじみ思った。

夫は二度、病院へおしっこを持っていった。三週間たって、やっと私が自分で病院へ行けるようになった。久しぶりに町に出たら、人の顔がそれぞれ違って、楽しそうな顔や、人生やってるのがつまんなくてしょうがないという顔や、いろいろなバラエティに富んでいて、人間てこんなバラエティに富んでいたっけかなあ、と思った。そして、健康で立って歩けることはすばらしいことだなあ、と思った。

病院では体重と血圧を測った。それから、

「ベッドに横になって、おなかを出してください」

と言われて、何するのかわからないけど、おなかを出したら、マイクロフォンみたいなものをおなかに押しつけられた。天井にスピーカーがあって、おなかの中のザワザワゴロゴロいう地下鉄の工事よりすごい音が聞こえてきた。そのうちちっちゃくトットットットットッとすばやく鳴る音がする。先生は、

「これが赤ちゃんの心音ですよ。おめでとうございます」

と言った。

別のところにマイクロフォンを押しつけられた。そしたらゆっくり大きな音で、ゴボッ、ゴボッ、ゴボッと聞こえた。

「これがあなたのですよ」

と言われて、これは怪物みたいな大きな音で、あんまり大きいのできまり悪くなった。

子鹿のバンビと象さんぐらい違っていた。

内診の結果、出血は流産兆候ではなく、頸管ポリープだった。小さいから取ることもないです、と言われて、心配はしなくてもいいことになった。

病院の帰りに、ラジオに出るために赤坂に向かった。その途中は変な気持ち

だった。心音を聞いたからだった。

私は一人じゃなくて二人なんだと思うと、仲間が増えた感じで力強くもあったし、心配でもあった。早く見たいと思った。ちょっとだけピンセットでひっぱり出して見てみたくなった。そんなことを考えてたらおかしくて、またひとりで笑ってしまった。

ラジオは愛川欽也さんの番組の最終日だった。その番組には「ミュージック・キャラバン」

という三十分コーナーがあって、私はそこで、

「男が出るか、女が出るか」

とどなっていたのだ。

その日で欽也さんとお別れだというので、その番組に出たことがある人たちが、ひと言ずつ何か言うためにスタジオに集まったのだった。もし「今、私がこうです」と言って、「男が出るか、女が出るか」と叫んだら、その番組のファンの人はきっと喜んでくれただろうと思ったけど、自分のことになると照れちゃって、どうしてもそれはできなかった。

ラジオの帰りに道で夫に出会った。仲間と食事して出てきたところだった。

私は、

「いたよ、いたよ、小さくいたよ」

と言った。夫は、

「何がいた？」

と言った。私は心音を聞いたことを話した。

新しい出発という感じがした。

うちへ帰って今朝まで寝ていたふとんをたたんで、戸を全部開けて、はたきと掃除機を持ってすみからすみまでツルツルにして、おふろに入って三週間分のあかを落として、シャンプーをして、洋服を取り替えた。

こんにちは赤ちゃん

つわりが始まった。普通の人は二か月くらいからなのに、そのころはなくて食欲もりもりだったから、私はつわりを知らないで過ごすことができそうな気がした。でもだめだった。

四か月目に入ってから、いきなりゲボッと来た。それからは大好きだった日本茶が大きらいになった。お茶、と考えるだけでオエーとなる。食事を作るのがだめになった。料理をするときの匂いがだめなのだ。台所、と思うだけでオエーとなるようになった。

町を歩くと排気ガスがだめだった。あれを思うとオエー、これを思うとオエーで、男がうらやましかった。妊娠は男にも責任があるのに、どうして女だけがこんな思いをしなくちゃいけないんだろう。

友だちに聞いた話では、旦那が会社から帰ってきて、旦那の顔を見るとオエーとなる奥さんがいて、離婚騒ぎにまでなったそうだ。

私はそれほどではないからまあよかったけれど、うちで食事が作れないので外食が続いた。自分で作らないで食べるだけならまあよかったのだ。

たまにはステーキを食べようということになって、妊娠祝いを兼ねて、赤坂の最高級のステーキ屋さんに行った。ワインを飲んで生肉食べてステーキを食べた。一人前一万二千五百円なり。おいしくておいしくて、食べたところまではよかった。

うちに帰ってきてしばらくすると、だんだん例

のオエーの感じが始まった。でももったいないから、ぐっとこらえた。こらえてたら口もきけなくなって、それでもこらえていると頭が痛くなってきた。

目が回ってきて死に物狂いで、もう洗面台に駆けていった。夫が、

「どうした、また吐いちゃったのか」

ときくから、ほんとうは一万二千五百円分出しちゃったのだけれど、ほんとうのこと言うとせっかく連れてってくれたのにかわいそうだから、

「三千円分だけ吐いちゃった」

と言っておいた。

四か月の末ごろ、夫と水天宮に行った。夫は、いろんなしきたりはおもしろいからちゃんとやろうと言う。水天宮に行ったのは戌の日じゃなかったけれど、腹帯とお守りを買った。

五体健全でいい子が生まれますように、と祈った。ついでに家族もみんな元気でありますようにと、お賽銭百円だけでいっぱい祈ってきた。まわりにもおなかの大きくなりかけたような人がたくさんいた。

腹帯を初めて巻いたのは戌の日だった。お赤飯と鯛で軽く祝った。どうして戌の日が子どもに関係があるのかは知らない。夫は、

「犬の子は丈夫なんだろ」

と言った。


夫の友だちのKさんの奥さんは、私より三か月早く妊娠した先輩で、夫どうしは昔から仲のいい友だちだったのだが、妊娠をきっかけに妊婦どうし、とても親しくなった。

一緒にマタニティドレスを買いに行ったり、明治神宮に散歩に行ったり、毎日のように電話し合って最新妊娠情報を聞きっこしたりして、お互いに心強くていい仲間だった。

あちらが猫を飼うとこちらもまねして猫を飼うし、あちらがヨーロッパに旅行すると、何か月か後にこっちはアメリカに旅行する、というふうにお互いよく似た家庭で、あちらが妊娠するとこっちも三か月後に妊娠して、あちらが出血で入院すると、私も出血で絶対安静で、調べたら両方とも頸管ポリープだっ

た。

その人から電話があった。

「病院からなの。もう産んじゃった」

という。まだ七か月だった。

ぐあいが悪いので入院したら、その日の晩に陣痛が来て生まれてしまったそうだ。苦しまないで簡単に産んじゃったというから、私はとてもうらやましかった。

でもまだ七か月だから、未熟児室のガラス箱に入っていて、それでもとっても元気で、おしっこなんかピュッピュッと噴水みたいにするという。男の子だった。

「猫とどっちがかわいい？」

ときいたら、

「そりゃ人間のほうがかわいいわよ」

と答える。

彼女は二匹の猫を飼っていて、ものすごく猫をかわいがる、猫が大好きな猫キチガイなのだ。それでも生まれたての口もきけないまだまっかっかの猿みたいなものが、猫よりかわいいというのだから、母親というのはなんてゲンキンなものでしょう。

Kさんも喜んで、すぐ名前をつけた。ところが喜びもつかの間、十五日目に坊やは死んでしまった。早産すぎて育たなかったのだ。私もとっても悲しかった。小学校も同じにして、男の子と女の子だったら、結婚させちゃおうか、なんていろいろ夢を話し合ってた妊娠仲間だったのに、私はなんだかとても気が抜けてしまった。

ばらの花を買ってKさんのうちに行った。連れて帰った子どもの棺は四十センチぐらいで、祭壇の上に置かれていた。二人とも喪服を着て、坊さんもよんで、赤ちゃんを立派な一人前の人間として弔っていた。赤ちゃんもかわいそうだけど、たった十五日間のお父さんとお母さんが、私はもっとかわいそうだった。

ガラス箱の中に入ったままだったから、二人はだっこもしていなかった。棺の中には買ってきたばかりのおもちゃが入っていた。

Kさんは、

「せめて抱いてやりたかった」

と言った。

お通夜の席で友人たちは、

「抱いてから死んじゃ、もっと悲しいよ」

と言って慰めていた。

奥さんのほうのお客は奥さんを慰めるつもりで、未熟児のおっかない例をいろいろ話している。

双子の未熟児の一人は元気なのに、もう一人がガラス箱の酸素の加減で目が見えなくなってしまい、おんなじ顔をしているのに片方だけがとってもかわいそうだとか、耳が聞こえなくなった子とか、たくさんの例を聞いてしまった。

私はとてもこわくなった。

彼女と私はいろいろ似ていて、私はいつも後を追いかけているから、今度の場合も私がまねして、おんなじようなことになるかもしれない。そう思うとそれも心配だ。

彼女は一度入院した以外はとても元気で、血色もよく丸々と太って食欲もあって、快適な感じだった。本人も、早産してしまうような原因は全然わからないと言った。

それよりも、十か月元気そのもので、分娩室に入ってお母さんが死んだ例もあるのだ。それは私の兄のお嫁さんで、私ととっても仲よしの人だった。

明るくて、かわいくて、私と二人で歩いていると男の人が、

「お茶飲みませんか？」

としょっちゅう誘いかけてくるような、チャーミングな人だった。

二十一歳で結婚して、すぐ妊娠した。陣痛が来て、用意していたピンクとクリーム色の赤ちゃんの靴下のうち、男の子を産むつもりだったのか、クリーム色のを持って、おしめなんかを持って、元気よく、

「行ってきまーす」

と出かけて行った。

夜になって、今か今かとみんなが電話を待っていた。男の子かなあ、女の子かなあ。夜中まで待っても生まれた知らせがないので、みんなひとまず寝た。

明け方、病院から兄のところに電話があった。

「奥さんの様子がおかしいからすぐ来てください」

とのこと。兄が分娩室に入った時は、お嫁さんは人工呼吸をされていたが、実際にはもう死んでいたのだ。子癇《しかん》だった。

今か今かと待っていた電話は、喜びの知らせじゃなくて死の知らせだった。だから妊娠というのは最後の最後までわからないとつくづく思った。

それから七年たつ。でも私も妊娠してまた彼女のことを思い出すのだ。いろいろな話を聞いたり、七年前のことを思い出したりして、妊娠に対する不安がやたらに出てきた。妊娠なんて猫もしゃくしもすることだから平気なはずなのに、不安だなと思いはじめると、不安がだんだん大きくなってくる。

その不安の真っ最中に、ちょうど定期検診があったので、先生に、

「もしも変な子ができてる場合には、レントゲンでわかりますか」

ときいたらば、

「さあ、それはわかりませんよ。大きな問題があればわかりますけど、生まれてみなければわかりません」

とあっさり言われてしまった。

それからおなかの中の子が気になってしまって、ユーウツでしょうがなかった。

実家に帰った時に、父に、

「変な子が出てきたらどうしよう」

と言ったら、父は、

「いいじゃないか、変な子のほうがかわいいもんだよ」

と言ってくれたので、ちょっとほっとして、そんなもんかなと思って、それからはあんまり気にしなくなった。

ここまで来ちゃったのだから、もうなるようになるしかしょうがない。何が出てきても平気だよと居直ることにした。

それから数日後、七月七日七夕の夜、おふろに入って、夫におやすみと言って、ごろっと横になって、すやすやーっと深い眠りに入っていこうとしている時に、突然、私が動いたんじゃないのに、おなかの中で元気のいい太いみみずが踊りをおどるみたいにピクピクッとした。

もう私は驚いて、

「そら来たっ」

と思って飛び上がってしまった。変な子が動きはじめたみたいに思っちゃったのだ。

それで全身鳥肌立って、おっかなくて、夫にしがみつきに行った。

「こわいよ、こわいよ」

と言った。私がそんなにおっかながっているのに、夫は笑って、

「動いたか、動いたか」

と、やたら客観的である。それが最初の胎動だった。

永六輔さんは「こんにちは赤ちゃん」という歌はほんとうは男の人のために作ったものだ、と話してくれた。生まれてきた時に「はじめまして」と言うのは男の人で、女の人は、生理がなくて「あら、今月もないわ」と感じた時に「はじめまして」と思うものらしい、と永さんは言った。

私の場合はピクピクッと来た時に、おっかなさもあったけれど、この時初め

て「はじめまして」という感じだった。

それからは毎日ピクピクッと動く。

初めはあんなにびっくりしたピクピクが、だんだんかわいらしくなってきて、ピクピクがないと寂しくなる。たまに一日動かない日があったりすると、もう死んじゃったのかと思って心配になってしまう。

台所の流しのところでお皿を洗っていたら、おなかを流しの縁に押しつけていたせいか、おなかがつっぱって流しを押した。赤ちゃんが息苦しくて、いやだいやだと言って足をつっぱったようだった。

ガスレンジのそばでいためものをしていた時も、おなかのあたりが熱くなるので、赤ちゃんがまたつっぱってガス

レンジを押したふうに思えた。

そんなふうに動いているので、親しみを感じてくる。父親より母親のほうが、おなかの赤ちゃんによっぽど親しみを感じると思う。父性愛という言葉より母性愛という言葉のほうが有名なのも、そこから来ているのでしょう。

最初はみみずのようにピクピク動いていたのが、一か月以上たつと、だんだん堂々と動くようになってきた。グリングリングリンと、でんぐり返っちゃうような感じで動く。

最初は遠慮っぽく動いていたくせに、今はわがもの顔で動き回る。一か所じゃなくて、いろんなところでグリグリやるのだ。

中でひとりで何しているのだろう。早く会いたくなってきた。

病院の母親学級にも行くようにしている。六回出て六百円。学校のようにちゃんと出席もとる。休憩時間には牛乳と麦茶をくれる。

そこでは身体の構造や、子どものできる仕組みや、母親になる心構えや、妊産婦のための献立や、おしめの作り方とたたみ方、その他いろいろのことを教えてくれる。

母親学級の中には四十過ぎた初産の人もいるし、中絶を四回もしたと看護婦さんに話している人もいる。二十歳くらいの若いお母さんもいる。つわりでぐったり死にそうな人もいるし、溌剌《はつらつ》として元気な人もいる。

でも溌剌としている人のほうがうんと少なくて、これから赤ちゃんを産むという期待に満ちて人生ばら色という感じで、目が輝いて皮膚がさくら色で健康的な人が少ないのが、私には不思議に思える。夏だから暑くてくたびれて、みんなげっそりしていたのかしら。私だって、人が見たらどんなふうに見えるかわからない。

上野の文化会館の音楽会に行ったら、ロビーで夫の友人のいずみたくさんに会った。

いずみさんは私のおなかを見て、それから会場にいる大勢のお客さんを指さして、

「この人たち全部、女が産んだんだよ」

と言った。ほんとうにそのとおりで、女じゃなくちゃ子どもを産めないのだ。

何百何千億円かけたって人間と同じものは作れないのに、人間はお金を一銭もかけないで人間を作れちゃうのだ。ひょっとすると天才まで作れちゃう。女というのはすばらしい構造を持っていて、自慢をいっぱいしてもいいものだ。

私は女に生まれてきてほんとうによかった。堂々と胸を張っていばって町を歩いているのです。

ばら色の人生

おなかがどんどん大きくなってくると、小さなことが気にならなくなった。前は空が暗くなって雨が降りそうだと、自分の気持ちまで暗くなったのに、今は雨が降っても、シトシトしてて静かでいいなあと思うようになって、毎日が明るくて楽しくて、不愉快なことがない。毎日が充実している。

なんで充実しているのか自分でもさっぱりわからない。子どもが生まれるからうれしくて充実しているのか、それとも子どもが生まれたらすごく大変だっていうことを知っているから、今なら身重だけど身軽で、今のうち楽しんでおこうと思う気持ちが無意識にそうさせるのか、よくわからない。

だけど、ただただうれしくて、こんな楽しいものなら、妊娠が十か月という

のはもったいなくて、一年も二年もいっぱい続いてれば、もっと人生ずっとばら色で、毎日にこにこしていられるのに、と思う。
そう思うと、桃代がかわいそうでしょうがない。桃代というのはうちの猫のことで、漫画家の赤塚不二夫さんからもらった、アビシニアンとエジプシャンと駄猫の混血で、それはそれはかわいくて、頭のいい猫。買い物に行くとついてきて、車の激しいところまで来て、そこで帰りを待っている。
だから寄り道ができない。夜なんか真っ暗でわからないと、向こうからニャンと鳴いて、待ってたよ、と自分がそこにいることを知らせる。そういう猫だから、きっと妊娠の喜びもわかっただろうと思う。
それなのに、私はまだ妊娠の喜びを知らない時だったから、猫が子どもを産むと困ると思って、避妊の手術をしてしまった。人間てほんとうに残酷な動物だ。

ある日、私はおへそのごみを取っていた。夫が、

「何やってるの」

ときくから、

「いい子をつくろうと思って」

と私は答えた。

どうしてかというと、外界との流通をよくして、いい空気がいっぱい入るようにしておこうと思ったのだ。

夫は、バカだな、と笑って、

「子どものへそと母親はつながってるけど、母親のへそと子どもがつながってるわけじゃない」

と言うから、私には数学みたいにむずかしくて頭の中がこんがらがっちゃって、今まで何十年間信じていたことが、突然目の前でくずれてしまうようで、すごく不思議な気がした。

母親学級に行って話を聞いたら、夫の言ったことが正しいらしくて、お母さ

んの栄養を赤ちゃんはおへそから吸収するのだと教えられた。だからお母さんは栄養のバランスのとれたものをたくさん食べないといけない、と言われた。

ビタミンAが足りないと夜盲症、B_1が足りないと胎児死亡、B_2が足りないと胎児発育不良、B_{12}が足りないと貧血、Cが足りないと感染に対して抵抗力がなくなる、Dが足りないとくる病、など。だから今私は、栄養のことにとても神経をつかっている。だけど、とてもいいというレバーだけは、どうしても食べられない。

ヴェトナム戦争の記録映画など見ると、子どもを抱いたお母さんがよく映るけれど、戦争の最中で栄養なんか足りないはずなのに、五体満足で育っているように見える。でもその子たちは病気になりやすかったりするのだろうか。

日本でも、戦争中に生まれた人たちはどうだったのだろう。今、三十ちょっと過ぎた人たちは私の知ってる範囲ではみんな立派だから、あんまり神経質になることもないかもしれない。

ヴェトナムといえば、ヴェトナム戦争の記録でアカデミー賞をとった映画をテレビでやった時に、うちで大勢で見た。血だらけのすごい残酷なシーンだらけで、ドキドキしながら見ていたら、その二時間はおなかの赤ちゃんがグリングリンと動きっぱなしだった。子どもにわかっちゃうのかしら。

永さんは、

「レミちゃん、胎教によくないから見ないほうがいいよ」

と何度も言った。

そうすると今度は渥美清さんが、

「こういうのは見といたほうが、元気な力強い子ができるよ」

と言った。

男の子と女の子とどっちがいい？　ときかれるようになった。一日に一回は誰かしらに必ず言われる。私は、

「女の子」

と答える。女の子は話し相手になるもの。洋服取り替えて、二人だけで家の中でファッションショーもできる。

女はつまんない話が好きだ。近所の誰々さんがどうでこうでと、身にもためにもならない話をする。私も母とそんな話ばかりしている。実家に帰ってもそ

うだし、電話でもバカ話ばっかりしている。妹もおんなじだ。母は、

「ほんとうに女の子はいいわね。サトちゃんはつまらないわ」

と言う。サトちゃんというのは私の兄貴で、たまに実家に帰っても新聞や本ばかり読んでいて、話にのってこないのだ。

夫を見ていてもつくづくそう思う。たまにお母さんが遊びに来ても、

「うんうん」

と言うだけで、ろくに話をしない。めったに実家にも帰ってあげない。だから私は男の子より女の子のほうがいい。

立木義浩さんのうちで、ミッちゃん奥さんにそのことを話したら、奥さんは、

「あら、タッちゃんはちがうわよ」

と言った。

「タッちゃんはお母さんお母さんて言ってるわよ」

立木さんのうちは上が二人女の子で、下が一人男の子。初めて女の子を産んだ時、立木さんに「男を産むまでは一人前の人間じゃない」と言われたそうだ。それで三人めに男の子ができたら、「これでお前も一人前になった」と言われ

た。

いろんな考え方があるし、いろんな家庭があると思う。うちの夫は、

「どっちでもいいよ」

と言っている。

おなかだけじゃなくて、おっぱいも大きくなって、すごくグラマーになってきた。これでおなかが大きくなければすごくかっこいいのに、おっぱいはおなかに比例して大きくなるのが残念です。

黒柳徹子さんは、

「ちょっとさわらして」

と言って私のおっぱいをしげしげ

とさわって、

「あらいいわね」

と言った。

初めのうちは一生懸命おなかを引っ込めて、妊娠で大きくなったんじゃないというふうにおっぱいを強調して歩いていたけれど、すぐそれもくたびれてできなくなってしまった。もう二度とこんなグラマーになることはないかもしれないから、夫に、「大きいでしょ、大きいでしょ」と言って見せびらかしているのに、夫は、「うん、うん」と言うだけで反応がなく、まるで無関心のようだ。あとで絶対後悔すると思う。

ヒップも大きくなった。おなかが大きくなるのはしょうがないけれど、ヒップまで大きくなると、パンツがはけなくなって困る。ビキニパンツがだめになっちゃった。

それに先生に、

「こんなパンツはだめです。ズロースをはきなさい」

と言われて、しかたなくズロースをはくのですが、ズロースというのはほんとうにズローッという感じで、よくできた言葉だと思う。全くしまりのないものので、かっこわるくてしょうがない。

体重は、私はもともと四二キロだったのに、七月には四七・五、八月には五四・三、九月には五六・五、っていうふうにどんどん増えてくる。子どもはふつう生まれてくる時は三キロぐらいなのに、子どものほかには何がどうなっちゃっているんだろう。

今のところ、たんぱく尿も糖尿もなくて、血圧は四月には四〇と九〇だったのが、現在は六〇と一〇二で、まあ順調というところ。子宮底は九月現在二四センチ。赤ちゃんは逆子ではないそうで、これも安心。でも後期には妊娠中毒症が起こりやすいので、それがちょっと心配だ。

九月十六日の夕方、ベッドに上向きで昼寝していたら、おなかが動いたのでじっと見ていた。

そしたらおなかが親指ぐらいの大きさで、ボコッと持ち上がった。胎動はそれまでたくさん感じていたが、この目で動くのを見ると、ほんとうに妊娠していることを信じないわけにはいかなくなった。

この世の中は、空飛ぶ円盤でも幽霊でも、自分の目で見なくちゃ何も信じられないけれど、私もこの目で赤ちゃんを見たような気がして、今度は絶対で、胎動よりも確かに妊娠している証拠をつかんだのです。

でもやっぱりこわくて、最初の胎動の時も鳥肌立ったけど、今度もまた鳥肌立っちゃって、そばに夫がいなかったけれど、

「和田さーん、こわいよー」

とつい言ってしまった。

まだおなかの赤ちゃんをかわいいとは感じられない。世間一般では、おなかで動きだすとお母さんはかわいくてしょうがない、とよくいうけれど、私にはまだかわいいという感じより気持ち悪い感じのほうが強い。

私がおなかが動いたと言ったら、中山千夏ちゃんが、

「かわいいと思う?」

ときいた。私が、

「思わない」

と言ったら、

「そうでしょう、私も下痢してるみたいで、おなかがゴロゴロいって気持ち悪くてしょうがなかった」

と言った。

そんなふうに思いながら、毎日が楽しいのだから、妊娠というのは複雑だ。私は今、初めのころのような不安はあまりないけれど、でも妊娠というのは、いつも期待と不安が背中合せになっていると思う。どんな子が出てくるのだろう。

名前のことなんか、まだまだ考えていないけれど、何て呼ばせようか、と夫と話しすることはある。

「パパ、ママはやめような」

と夫は言う。

私もそれに賛成で、私も両親をパパ、ママなんて呼ばなかった。

うちの父は外国の血が半分で外人の顔しているけれど、パパと呼ばれるのがきらいで、

「よせよ、よせよ」

とどなる。おとっつぁん、と呼ばせるのがいいという。

私はおとっつぁんとは呼ばなかったけど、今でも「お父ちゃん」と呼ぶ。うちは「お父ちゃん」「お母ちゃん」だった。

私の実家の近所にある農家で、そのうちは土地を売ってお金持ちになって、わらぶき屋根のうちをこわして、西洋館の大邸宅を建てた。そこから、かごしょって夫婦で野良仕事に行くのだが、ある日、奥さんが庭の用水桶でさつまいもを洗っていると、子どもが、

「母ちゃん、母ちゃんてばよう」

と呼んでいる。何度も呼ぶけど、奥さんは返事しない。しばらくして、

「ママ」

と呼んだら、

「あいよ」

と返事をした。

私はそれを見ていてすごくおもしろくて、洋館になったら言葉も西洋風にし

たんだな、と思った。

夫の友だちで「ダディ」「マミイ」と呼ばせている人もいるけれど、あれはずいぶんアメリカかぶれだと思う。英語もしゃべれないのに。

私の妹のミカは子どもが三人いて、「お父ちゃま」「お母ちゃま」と呼ばせている。自分は私と同じに「お父ちゃん」「お母ちゃん」だったのに、自分の子どもには「そのほうがかわいいから」と単純に考えている。

子どもがお母さんのことを「よし子」と呼ぶうちもあって、そのうちではご主人も親戚も、みんなが「よし子」と呼ぶから、子どもも一緒にそう呼ぶらしい。子どもにとってはその人が「よし子」でも「お母さん」でも同じで、その人を呼ぶ信号なら何でもいいのだろう。音が出て、それが通じればいいのだな、と思う。うちはどうしようかな。

今私は、出産のときにお世話になる予定の病院で定期検診を受けている。妊娠かどうか調べてもらったのは別の病院だった。最初に心音を聞かせてくれたのも、その小さな病院だった。

今行っているところは、先生がパイプのような木でできているものをおなかにおっつけて、先生だけが心音を聞く。そして、

「赤ちゃん元気ですよ」

と言ってくれる。それだけではちょっと物足りない。

八か月目に入ったので、最初の病院に、大きな病院を紹介してもらったお礼かたがた、診てもらいに行った。そこで久しぶりに心音を聞いた。

天井から、懐かしい心音が聞こえてきた。あれから四か月ぶりに聞いた心音は、ものすごく大きな音だった。

初めて聞いた時は、とっても頼りなく弱い音でトットトットットッと聞こえたけれど、今度はとっても力強く、確かな間隔をおいて、ドッ、ドッ、ドッ、ドッと聞こえる。

先生たちは、

「あらあら元気な赤ちゃんですね」

と笑いだした。

セ・シ・ボン

今はもうそうでもなくなったけれど、妊娠六か月ぐらいのころは霊感づいていた。よく、妊娠すると霊感づくというけれど、自分でも不思議なことがあった。

夢の中で父がくるみを食べている。ナッツ類がたくさんある袋の中で、くるみだけが減っていた。母に、

「どうしてくるみが減ってるの」

ときいたら、

「お父さんが食べたのよ」

と言う。目が覚めてから、変なミミッチイ夢を見たなと思った。

その日、用があって実家に電話したら父が出た。何か食べながらしゃべっているから、

「何食べてんの」

ときくと、

「くるみだよ」

と父が答えた。くるみの夢なんかそれまで見たこともないし、食べ物だって何千種類もあるのだから、偶然にしても不思議でしょうがない。

もう一つの夢は、実家に読売新聞の記者が来ているという夢だった。

次の日電話したら、母が、

「昨日はお客さんがたくさん来てたのよ。新聞社の人も来て、お父さんのこと取材していったのよ」

と言った。私は、

「読売新聞じゃない？」

と言った。母は、

「どうして知ってるの」

と言った。

ある日、買い物して帰ってきたら、玄関に知らない靴があった。お客さんらしい。夫が、

「だーれだ?」

ときくから、私はすぐ、

「横尾忠則さん」

と言った。そのとおりだった。夫には友だちがたくさんいるし、横尾さんがうちに来ることはめったにないのだ。横尾さんは、

「妊娠すると霊感が発達するっていうけど、なるほどそうなんだね」

と感心していた。

子どもは女の子だと私は思う。霊感づいたついでに当たるといいと思う。

みんなは男の子だという。世の中にはいろいろな説があって、おなかが大きくてよく動くのは男の子、おなかが前に出っ張ってるのは男の子、よく食べる

ようになると男の子、妊婦の顔つきがきつくなるのは男の子、そのどれもがあてはまっているらしくて、近所のクリーニング屋さんや八百屋さんにも男の子だって言われるし、友だちもそう言う。妹も言う。女の子だと言ってくれる人は、母と中山千夏ちゃんだけである。

それから、五円玉を自分の髪の毛で結んで、それをおなかの前にたらして、指で先っちょをじっと持っている。そうすると五円玉が自然に揺れるようになる。前後に動くと男の子、ぐるぐる輪を描くように動くと女の子、というおまじないみたいなやり方もあって、それでも男の子と出た。

さあ、男が出るか女が出るか。

夫は、

「どっちかわかれば名前を考えるんだけど、男の名前と女の名前と両方考えておくのはめんどくさい。生まれてから考えよう」

と言っている。

夫は本の題名とか子どもの名前をつけるのが好きらしく、二人の子どもの名づけ親になっている。

一人は「まゆ」ちゃんで、一人は「暦《こよみ》」ちゃんという。
暦ちゃんというのはイラストレーターの湯村輝彦さんのお嬢ちゃんで、夫は
この名前がユニークだと気に入っているらしい。私もかわいい名前だと思う。
母が小さい時一緒に水遊びした女の子の名前は「まん子」というのだそうで、
夕方になると、その子のお母さんが、
「まん子ー、まん子ー」
と呼びに来るので、近所の人がみんなで、かわいそうだかわいそうだと言っ
ていたそうだ。
母と同じ年なら、まん子さんは六十五歳。今はどうしていることでしょう。
夫の知っている人で、舞台装置家の妹尾河童《せのおかっぱ》さんは、カッパというのも本名
なのだけれど、娘さんにマミという名をつけたそうだ。
マミちゃんというのはかわいい名前だが、漢字で書くと「狸」なのだそうで、
つまり狸穴《まみあな》のマミなのですが、漢字だけ見た人は絶対にマミとは思わないで、
タヌキちゃんだと思うだろう。
もう一つ夫に聞いた話では、これは夫の知合いではないのだが、戦争中に生

まれた子どもに東条英機の英機をつけ、終戦後に生まれた子どもにマッカーサーとつけたということだ。木村さんだか田中さんだかわからないが、木村マッカーサーというふうになるわけです。ずいぶん節操がないおとっつぁんだなと思っちゃう。


病院に行くのにタクシーに乗ったらば、親切な運転手さんで、

「おなかが大きいと暑いでしょう」

とクーラーをつけてくれて、ゆっくり運転しながら、

「お客さん、赤ちゃんができても旦那さんを大事にしないとだめですよ。みんな、子どもができると旦那そっちのけで子どもにかまけちゃう。浮気っていうのはそこから始まるんですから」

と教えてくれた。私は、

「猫よりかわいいものなんて、出てくるのかしらね」

と言った。

私は、うちの桃代があんまりかわいい猫なので、あれ以上にかわいいものが

この世にいるはずはないと思っているのだ。

運転手さんは、

「いやーお客さん、冗談じゃない。うちの女房も猫をかわいがってたけど、猫なんか目もくれなくなりましたよ」

と言った。

母とデパートのマタニティ用品の売り場に行く。母は、

「あら、これすてき、あら、これ私にぴったり」

と言って、私の買い物についてきたのに、自分のを買ってしまう。それで、自分が妊娠してると思われないように、

「太ってるもんですから」

とか、

「こういうのは楽でいいのに、普通の婦人服売り場では売ってませんねえ」

とか、一生懸命言い訳しながら、洋服だけじゃなくて、ブラジャー、ガードル、ストッキングなどもマタニティ用のを買うのだ。そして私は、母がちょっ

とだけ着たお古をもらうことになる。それから母は、

「これをお父さんに買っていきましょう」

と言って、マタニティ用のいちばん大きいサイズのスラックスを買った。

父はおなかが太ってるから、うちにいるときはいつもズボンのチャックをはずしている。あんまりだらしがないと、母は困っていたそうで、それでこのマタニティ用のを見つけたものだから、すごいアイディアがひらめいたみたいに喜んで、

「これよ、これだったらお父さんにぴったりよ。お母さんは頭がいいでしょう」

と言ってそれを買い、

「お父さんにはマタニティ用だっていうことは絶対内緒よ」

と言った。

父は三日ぐらいそれをはいてから、ある日、

「おーい」

と母を呼んだ。母は、あらバレたかしら、と思ったそうだ。父は、

「マタニティ用って書いてあるぞ。おれ、やだよやだよやだよ」
と言って、母の計画は三日間だけでだめになってしまった。

母親学級では、無痛分娩のための補助動作を教えてもらって練習をする。練習するときは、おなかの大きい人ばっかり五、六十人が、修学旅行みたいに半分ずつ両方から頭をくっつけてずらーっと寝る。そこにレコードがかかる。レコードに合わせて、先生のいうとおり、腹式呼吸とか胸式呼吸とか短促呼吸とか、いきみなどの練習をする。

今までは栄養のことなど、机の上の勉強で、みんな坐っていたけれど、寝てする勉強になってからは、みんな十年来の友だちみたいに急速に親しくなった。坐っていたときはお互いに知らん顔して口もきかなかったのに。寝るっていうことは親しみを増させるものなのかしら。

呼吸は、先生がレコードの音楽に合わせて、
「はい吸って、はい吐いて」
と言う、そのとおりにやる。私はうまくできるけど、なかなかできない人も

いる。運動神経が発達してる人のほうがうまくやれるものらしい。

いきみがうまくできるかどうかは、先生が一人一人のまたの中に手をあてて調べるのだ。女の人が大勢で恥も外聞もなく寝っころがって、またを開いているところを男の人が見たら、どんなふうだろう。

先生は、下半身のことを総称して「おしも」と言う。だからこの教室では、おしもという言葉が何十回となく出てくる。

私は、おしもというのはおしっこするところのように思う。その話を千夏ちゃんに言ったらば、

「私が今度教室に行って、先生、おしもというのはおまんこのことですか、ってきいてあげようか」

と千夏ちゃんは言った。

千夏ちゃんはその言葉を平気でつかうけれど、千夏ちゃんが言うと、学術用語をしゃべってるような高級ないい響きを持っているので、ぜんぜん不潔な感じも淫靡な感じもしなくて、明るくてとってもすがすがしいのです。

母親学級ではいろいろなことを教えてくれる。生まれたての赤ちゃんには、

たまにお母さんのホルモンが残っていて、女の赤ちゃんの場合には、生理があったり、おっぱいが出ちゃったりすることがあるのだそうだ。

そんな時には、お母さんがおもしろがって、お客さんが来たりすると、

「ほら、うちの子はおもしろいのよ」

なんて言ってピュッピュッと出させたりすると、いっぱい出てきちゃって、それが癖になるのだそうだ。だからおもしろがっちゃいけなくて、ほうっておけば治るのだそうだ。

私は母親学級に行ってほんとうによかった。そうじゃないと、知らないで赤ちゃんのおっぱいで遊んじゃったり、生理になったら赤ちゃんのことを、もう結婚できる体になっちゃったと思うことでしょう。

それから、二度めの子どもをすぐつくりたくない人は、と言って、先生が避妊のいろんな道具を見せてくれた。

私の見たことがないものがたくさんあっておもしろかった。その中の避妊リングというのは、子宮の中にリングを入れるもので、避妊用具はどれも完全というのはなくて、リングの場合は、それを入れたまま妊娠すると、赤ちゃんの

おでこにリングがピッタリくっついてオギャアオギャアと出てくることがあるのだそうだ。


友だちが集まって、ベビーシャワーというのをしてくれた。

「はい、これ、ベビーシャワー」

と言って渡してくれたのは、大きな箱が二つだった。

私はてっきりシャワーをくれたのかと思って、シャワーなんか二つももらってどうしようかと思った。

よくきいたら、ベビーシャワーというのはアメリカの習慣で、女の友だちが集まって、妊娠した友だちが八か月になったらお祝いにプレゼントすることなのだ。

二つの包みを開けてみたら、中身はシャワーじゃなくて、赤ちゃん用品がぎっしり。私が赤ちゃんになりたいくらい、いろんなものが入っていて、なにしろ赤ちゃん用品のすべてなのだ。おしめから下着からおくるみからベビードレスから靴下、手袋、よだれかけ、哺乳びんから体温計から綿棒まで入っていた。

かわいいおくるみを見ていると、この中にどんな顔が入るのだろうと思う。みんなからもらった手前、責任重大で、あんまりブサイク顔は入れられなくなっちゃう。

このプレゼントは、ジャズシンガーの後藤芳子さんのアイディアで、外国から取り寄せたカードにみんなの名前が書いてある。後藤さんと白石冬美さんが代表で買い物に行ってくれたのだった。

このほかにも、夫の友だちの奥さんたちから、いろいろと親切にしてもらっている。その人たちはみんな妊娠、出産の先輩なのですが、私が妊娠していないころは、私に話を合わせるみたいにして子どもの話なんかしたことがなかった。妊娠してからは、その人たちと会うと話が合っちゃうし、彼女たちの妊娠中の出来

事とか体の変化などを、いろいろと聞くことができる。女どうしのつきあい方にもいろいろあるんだということを発見した。

マタニティドレスのきれいなのをたくさん貸してくれた人が三人もいる。どれもすてきなドレスだからがんばって着るようにしているのだけれど、残念なことにはみんな私にはきついのだ。だから私はみんなよりおなかが大きいことは確かで、しかも下のほうに出っ張っている。人からもそう言われる。ひょっとすると、すごく頭でっかちの子どもが入っているんじゃないかしら。

ベビーベッドも、友だちからのおさがりがもう届いている。

このベッドは友だちから友だちへ、もう四代めになるそうだ。いろんな赤ちゃんが寝たベッドだ。

今、私の寝ているすぐ横に赤ちゃんベッドが置いてある。今はからっぽだけど、このベッドはこれから生まれてくる人を待っているのだ。そう思うととても不思議だし、責任重大に感じるのです。

私の心はヴァイオリン

デューク・エイセスのリサイタルに行こうと、タクシーに乗った。

「厚生年金ホールへお願いします」

と私は言ったのに、

「厚生年金病院ですね」

と運転手さんが言う。

「いいえ、厚生年金ホールです」

と私が言うと、

「病院じゃないんですか」

とまた運転手さんが言う。私が、

「あと一か月出ませんよ」

と言うと、

「いやあ、陣痛かと思いましたよ」

と運転手さんが言った。

病院に定期検診に行った時のタクシーの運転手さんは、

「もうそろそろですね」

と言った。

その時もまだ一か月とちょっとあったのに、あんまりおなかが大きいのが恥ずかしかったから、一か月おまけして、

「あと一週間です」

と言ってしまった。

近所の乾物屋さんでも、ちょっと買い物に行かないで、しばらくして顔を出すと、

「もう産まれちゃったのかと思いましたよ」

と言う。

だからもう早く出ないとみっともなくなっちゃうのです。

魚屋では、魚屋のおじさんが会うたびに、

「まだかね」

と言う。その魚屋のおじさんは、

「いい赤ちゃんが出るように」

と言っていつもまけてくれる。

そのおじさんはもうヨレヨレで、歯が全部取れちゃってパクパクしているのに、

「うちの母ちゃん、今二か月なんだよ」

と言った。

結婚して十三年目でやっと子どもができたそうで、ヨレヨレでグタグタだけど、目だけはとっても輝いている。

もう一人、魚屋連合の会長みたいなずうたいの大きい、プロレスラーみたいな人がいる。

その人が横から口をはさんで、

「おれなんか七か月で生まれちゃった未熟児だったんだぞ」

と言っていばっていた。

魚屋に買いに来ていたおばさんは、

「私は九か月で産んじゃったけど、子どもはとても元気よ」

と自慢していた。

ある日、いとこから電話があった。いとこというのは父の弟の子どもで、もう長いこと会ってない。私がじゃじゃ馬でいちばんすごいころに会ったきりだ。三人兄弟みんな男で、もうみんな結婚している。

電話してきたのはいちばん上のいとこで、いきなり、

「おいレミ、赤んぼ産むんだってな」

と言う。

「お前、子宮がついてたのかよ。こんなに珍しい、こんなにめでたい話は聞いたことないから、三人でプレゼントするからな」

と言った。私はいとこに、

「もしかしたら死産かもしれないから、産んでからでいいよ」

と言ったら、
「バカ、お前なんてこと言うんだ。そんなこと、口が裂けても言うもんじゃないぞ」
と怒られてしまった。何年も会ってないのに、やたらいばった口をきいている。

実家にちょっと帰った。父の知合いの若奥さん二人が遊びに来ていた。両方とも九か月目の子どもを抱いている。私は赤ちゃんを代る代る抱いた。妊娠してから赤ちゃんを抱いたのは初めてだった。

妊娠する前に何度も赤ちゃんを抱いているけれど、妊娠する前と妊娠してからでは、赤ちゃんを抱く自分の気持ちが、まるで違うのだ。前はあんまりかわいいとも思わなかったのに、今抱いたらば、肌がすべすべしていて、体がグタグタで、私のほっぺたに赤ちゃんの顔をぴたっとおっつけると、柔らかくて、あたたかくて、天使みたいで、平和のかたまりみたいで、抱いているとほのぼのとしてきて、桃代を抱く感じとはちょっと違うなと思っちゃった。

二人とも、赤ちゃんを馬車みたいなかわいい乳母車に乗っけて、日の当たる静かな道をカラカラ押しながら帰る後ろ姿を見て、女の人が赤ちゃんを産んでお母さんになるっていうのはいいもんだなあ、私ももうすぐこうなるのかなあと思った。

その日の晩、横尾忠則さんから父のところに電話があった。父とさんざん話してから、

「ちょっとレミさんと替わってください」

と言ったそうで、私が電話に出た。

「どうしてここにいること知ってるんですか」

ときいたら、横尾さんは、

「あれ？」

と言って黙ってしまった。

「そういえば誰にも聞いてないね。なんだか知らないけどわかっちゃった。おっかないから電話切ろう」

と言う。横尾さんは、

「妊娠するとテレパシーが発達して、それを受け取る力も発達するけど、送る力も発達するんで、でもそれは和田君に伝わらなくちゃいけないのに、どうして僕に伝わっちゃったんだろうね」

と言った。うちへ帰ってから、夫に、

「横尾さんと何か話さなかった？」

ときいたら、

「しばらく話してない」

と言った。

友だちのれい子ちゃんの知合いに八十三歳のイギリス人のおばあさんがいる。

銀髪でアイシャドーをつけた品のいいインテリのおばあさんで、もうろくなんてしてなくて、英語を教えているし、腰も曲がってなくて、ハイヒールをはいているスマートな人である。

このおばあさんがうちに来て、いろいろ話をしてくれた。夫も死んで、息子も六十過ぎて死んで、今はひとりでマンションに住んでいる。孤独なのに悟っているから明朗で忙しそう。

この人は、この世は学校だと言う。

人が生きているのは、勉強に来ているのだと言う。勉強をしなくてもよくなった人があの世に帰るのだそうで、だからこの人は、死ぬという言葉をつかわない。帰ると言うのだ。人が死ぬのは悲しいことじゃない、卒業したのだからいいことだ、と考えている。だから息子が死んだ時も涙をこぼさなかったので、周りの人からはずいぶん冷たいお母さんだという目で見られたそうだ。

この人の言うには、あの世に帰ってからもっと勉強したくなった人の魂が、妊娠したおなかにパッと宿ってこの世に戻ってくる。だからあなたの赤ちゃんは、このすばらしいおうちに来たくてしょうがなかったんでしょう。いい子が生まれますよ。

たどたどしい日本語だけど、人生の経験をいっぱい積んだ八十三歳のおばあさんにこんなふうに言われると、なんだかとっても頼もしくなった。

黒柳徹子さんは、胎教用の贈り物だといって、私の顔の絵をかいてくれている。油絵である。黒柳さんは、ある日突然、油絵の道具が買いたくなって、すぐ買ってから油絵をかきはじめ、二枚めの絵が私の肖像画なのだそうだ。ローランサン風にかいてくれて、とってもすてきで、あんまり美人にかいてあるので、私は絵に合わせて整形でもしなくちゃならない。それにしても、出産の贈り物はあるけど胎教用の贈り物というのは生まれて初めて聞いた。

庄司薫さん夫妻のうちへ夫と二人で遊びに行った。奥さんの中村紘子さんは秋の演奏会シーズンを控えてものすごく忙しい真っ最中なのに、鶏料理とカレーライスをごちそうしてくれた。

両方とも本格的なインド料理で、カレーは業務用なべに六十人分も一度に作っちゃうのだそうだ。たくさん作ったほうがおいしくなるということで、ほんとうにものすごくおいしかった。ピアニストだけあって、料理も後かたづけもリズミカルにどんどんやって、機敏で、見ていてすがすがしかった。

ごちそうがすんでデザートがすんで、くつろいでお酒という時には、さっと別の部屋に行って次の日のコンサートの練習で、防音装置の向こうから、かすかにピアノがポロポロと聞こえた。コマーシャルのネスカフェよりうんと優しい感じの奥さんだった。いろんな奥さんがいるなあと思った。

庄司さんは、

「今は掃除も洗濯も楽だから、主婦でも自分の時間がたくさんあるけど、出産と育児だけは昔も今も同じ時間がかかるからね。今の時間とレジャーに慣れた若い女の人にとっては、出産と育児はたいへんなことだろうね」

と言った。

帰りに奥さんから、ショパンを弾いたレコードをプレゼントしてもらった。サインに私たち夫婦の名前を書き、その横に「?さま」と書いてくれた。子どもがもらった最初のサインになった。

庄司さんは安産のお守りをくれた。「熊野権現速玉大社」と書いた四角い布で、それを今、腹帯の下にやっている。

母親学級は無事卒業した。

最後の講義は、無痛分娩の役目についてだった。痛さというのは精神的なものので、不安がなければ痛さも消えるのだということだ。それには補助動作が大切で、これを上手に説明してくれた。

たとえば時計と本との関係である。

本を夢中になって読んでいると、時計のカチカチいう音が全然気にならない。あんまりおもしろくないと、カチカチいう音がとっても気になってしまう。時計を陣痛に、本を補助動作に置き換える。補助動作とは呼吸法とかいきみなどのことで、それを上手に使うと陣痛が気にならなくなるのだという。

教室で出産のフィルムを映した。これを見ると、一人の人間をこの世に送り出すための苦痛とか、いきみをしているときの汗だくだくの母親の表情はすごく美しいものだ。

私はちょっと恥ずかしいものだと思っていたけれど、とんでもない。あんな荘厳な儀式はない。真剣勝負だ。オギャーと産まれたシーンでは、みんな鼻すすったり、ハンカチで目をぬぐったりしていた。私も泣いた。

無事でないことを一つやってしまった。

あと一月というのに出血したのだ。私はすごい便秘症で、少し下剤を飲んだけど、あんまり出ないので頭に来ちゃって、普通の倍も飲んでしまった。そしたらとってもおなかはすっきりしたけれど、夜になって懐かしい血が出てきちゃった。

びっくりして安静にしていたけれど、次の日も出たから、先生に電話をした。そしたらあっさりと、

「あなた、下剤飲んだら、そりゃ陣痛が来ますよ」

と言われてしまった。

私はもう陣痛が来るかとすごく緊張して、おなかばっかり気になった。全く妊娠は厄介なものだ。出産の先輩である妹が、いつでも病院に行けるように、ひとそろい出産準備の荷物を造ってくれてある。だからいつ陣痛が来ても出発できるのだが、この出血騒ぎはどうにか切り抜けた。今は先生にいわれたとおり、エビオスを飲んでいる。


予定日は十二月十五日だけれど、永さんは、

「三億円事件の時効の日に合わせれば？　そうすれば世の中の人が一生忘れないから」

と言う。私もすぐその気になっちゃって、じゃあ下剤飲んで十二月十日にしちゃおうかなあ、なんて思ったりした。夫は、

「その日だったら名前は三億とつけよう」

と言った。三億と書いてミオクと読ませるのだという。

「そしたら男の子でも女の子でも、ミオクちゃんなんて、ちょっとかわいいじゃないか」

と夫は言った。

「和田三億か、これはでっかくていいや」

と言ってからしばらくして、

「でもデノミになったらバカにされちゃうな」

と言ってとりやめた。

坂本九ちゃんに女の子が生まれて、これから名前をつけようという時、夫が九ちゃんに言った。

「紬《つむぎ》ちゃんというのはどう?」

つむぎちゃんというのはかわいい名前だから、九ちゃんもちょっとその気になった。

「苗字と続けて言ってみて」

と夫が言う。

九ちゃんの本名は「大島」。続けると「大島紬」になる。それでこのアイディアは採用にならなかった。

父はもう来年の年賀はがきを買ってきた。文を考えて印刷所に持っていく用意をしてある。孫ができたことを文の中に入れてあるので、生まれないうちは男か女かも書けないし、名前も書けないので、困った困ったと言っている。

印刷所の締切りが十二月十九日なので、

「頼むから十九日までに産んでくれよ」

と父は言う。

だから私はどうしても十九日までに産まないと、はがきがもったいなくなるのです。

夜明けのうた

十一月二十九日、駒沢にある「キッチンハウス」という店へ友だちと一緒に見に行った。

そこは台所用品が何でもそろっていて、台所のセットができている。日本のや外国のやいろいろで、夢みたいな台所ばかりあって、うちに帰ってくるのがいやになっちゃったほどだ。なんにも買わないで、夢ばかりもらって帰ってきた。

ずいぶん歩いたけど、その日はなんともなかった。

次の日、十一月三十日の日曜日、昼ごろ起きてトイレに行った。何かおしっこじゃないものがシャラシャラ出てきて止められない。

心配だから病院へ電話した。病院ではすぐ来なさいと言った。

私は病院へ行ったら当分うちへ帰れないかもしれないと思ったから、お湯を沸かしてシャンプーをした。ふけ取りシャンプーをつけて頭をきれいにした。体もごしごし洗った。

よくわからなかったけど、このシャラシャラ出ているのが破水というものかと思った。

夫がタクシーをとめるために外に出た。電車はストの真っ最中で、タクシーはなかなか来なかった。

病院の受付へ行くと、すぐ入院の手続きをさせられた。私は、まだおなかも痛くないし、予定日より二週間も早いし、元気でいつもと変わらないし、お医者さんに診てもらってから入院の手続きをしたいと言った。

受付の若い人は、

「とんでもない、すぐ入院ですよ」

と言った。私の体のことも知らないくせに何言ってるのかと私は思った。

手続きをすませると、三階まで案内された。そこは分娩室の控え室のようなところで、寝かされて話をきかれた。おふろに入ったことを言うと、しかられてしまった。こんな時はおふろに入ってはいけないそうだ。

七階の自分の病室までは、車いすで運ばれた。まだすごく元気だから、ラクチンで気持ちよかった。

夫は心配そうに待っていたが、入院が決定とわかると、荷物を取りにうちへ帰った。うちには妹が造ってくれた入院の荷物が用意してあるけれど、その日に入院かどうかわからなかったから、持ってきていなかったのだ。

夫が帰った間、私はひとりで寝ていて、シャラシャラは止まったし、陣痛はないし、私は元気そのものなのに、なんでこうしてなきゃいけないんだろうと考えていた。大病院ともあろうものが、何をまちがえちゃったのかしら、と思った。

退屈だから、枕元の電話で実家に電話をした。

「どこにいるんだ？」

と言ったら母は、

「え？ 産まれるの？」

ときいた。私は、
「そうらしいよ」
と言った。

退屈な時間を過ごしているうちに、キューッとおなかが痛くなった。でもすぐやんで、ずっと平気だ。これが陣痛というものかな、いよいよ来たかと思った。これはおもしろい、時計を見ましょう。そして間隔を計った。母親学級で習ったことの本番が、これから始まるのかと思うと、うれしくてしょうがなかった。

時計を見ていると、正確に三十分に一回キューッと来る。それは夕方から夜まで続いた。

夫は荷物を持って戻ってきた。病院の夕食は終わっていたので、陣痛と陣痛との間に、夫が持ってきたパンをぱくついた。

夜になって両親が来た。両親が来たころは、痛みは十分間隔になっていた。みるみるうちに五分間隔、三分間隔になっていった。痛みは激しくて、自分で時計を見られなくなった。

三分間隔になったら分娩室へ、ということなので、ブザーを押して看護婦さんを呼んだ。すぐ車いすが来て、私を三階の分娩室に運んだ。その時は、あまりの痛さに手も足も顔の表面もしびれてしまって、口もガクガクして合わさらなくなって、よくしゃべれなかった。

母が分娩室の入り口までついてきた。

「しっかりね、レミちゃん」

と母が言った。

また分娩室の控え室に入れられた。分娩台に行くのは、ほんとうに子宮口が開いてからなのだ。陣痛の間隔はまた遠のいたりした。もう真夜中だったからスーッと眠たくなる。陣痛のないときに一瞬眠って、また痛みが来ると夢中で腹式呼吸をする。せっかく母親学級で練習したのに、いざ本番になると、あんまり痛いし、痛みはいきなり来るし、痛さと眠さが同時に襲ってくるから、あわてちゃって、おなかをへっこますときに出っ張らしたりしてまちがえてしまうのだ。

夜中になってから父は帰り、母と夫が病院に残った。母は私のことをものすごく心配していたらしい。それは、前にも書いたことだが、私の兄のお嫁さんが分娩室で死んだからだ。

私が部屋で痛がっていると、同じように陣痛の人がもう一人来た。

私はいつもだったら、

「痛いですねえ」

とか言って話しかけるのに、それどころじゃなかった。顔を見る余裕もなく、その人の動く気配を感じるだけで、私はよけい痛くなる始末。

看護婦さんが様子を見に来る。

「出てくるような気がしますか」

ときかれる。

何回目かに、ほんとうに出てくるような感じがした。それで分娩室に行った。もうろうとしていてよく覚えていないけれど、真っ白い服に着替えさせられた。目も覚めるくらい、明るい部屋だった。

分娩台の上で、また陣痛の間隔が長くなった。ふとんを掛けられて、私は眠った。そこで眠たさと痛さの時を何時間費やしただろうか。ベッドの横に点滴の用具をつるすためのパイプがある。

目が覚めると、私はそのパイプをしっかり握っている。何かつかまるところがないとだめなのだ。頼れるものはそれだけ。痛さをそれに伝える気持ちだ。なにしろ、すいかくらい大きな固い固い化石のようなものが、おなかから外へグッグッグッグッと勝手に出てくる感じなのだ。それを自分も一緒になって押し出そうとする。そのためにいきむ。

両側にある取っ手を力一杯握って引き寄せる。両足をふんばる。この世の痛さとは思えない。死んじゃうと思った。

この次にいきんだら、内臓も脳みそも、靴下を裏返すように、全部裏返って出てきちゃう感じがして恐ろしかった。

よその分娩室から、

「ギャーッ」

とか、

「ヤメテー」

とか、

「死ンジャウー」

とか、

「モウダメー」

とか、いろんな声が聞こえてくる。

それを聞くと、今の私よりもっと苦しいことが待ってるのかと思って、恐ろしくてたまらなかった。でもしばらくして、

「オギャー、オギャー」

と赤ちゃんの声が聞こえると、救われた気持ちになって、私はまたスーッと眠った。

ほかの人は私より後から分娩室に入って、先に赤ちゃんを産んでいく。私は取り残されたようで悲しくてたまらなかった。

もう朝になっていた。誰にも頼れない。自分の力しかないのだ。産まなければこの痛さは終わらない。

「もう赤ちゃんの頭が見えてますよ。あなたさえ力を入れれば出ますよ」

と言われる。それでも一晩苦しんで私は力尽きていた。

看護婦さんが、

「お母さんからメッセージですよ」

と紙切れを見せてくれた。メモ用紙に大きな字ではっきり読めるように、

「レミちゃんへ。口を結ぶとおなかに力が入りますよ。母」

と書いてあった。看護婦さんたちは、

「いいお母さんですねぇ」

と回し読みしていた。私はうれしくてポロポロ涙が流れた。

母の手紙が私に力をくれた。

私は、

「出ちゃう出ちゃう」

と叫んだ。先生は、

「出ていいんですよ」

と言った。

一瞬シーンとした。私も気が抜けた感じでスーッとなった。ああ出たんだなあ、と思った。もものところにひもみたいなものがひらひらしている。これがへその緒かな、と思った。まだ泣き声が聞こえない。

「泣かないんですか」

と私は先生にきいた。

「もうすぐ泣きますよ」

そのうち、

「オギャー、オギャー」

と、かすれた低音の泣き声が聞こえた。

「男の子ですよ」

と先生が言った。

十二月一日午前十一時だった。

看護婦さんが、赤ちゃんを見せてくれた。全身紫色の、金時のさつまいもとおんなじ色をしていた。それに片目つぶっている。

私はびっくりした。全身打撲でもうすぐ死んじゃうんじゃないかと思った。

私が、

「わあ紫色」

と言ったら、看護婦さんは笑って、

「ピンク色ですよ」

と言ったけど、あれは絶対紫色だった。私が寝ている顔のすぐ上におちんちんがあった。きまりが悪いくらい大きく見えた。

私がもうろうとしていると、婦長さんが、

「がんばりましたね。ご苦労さま」

と言ってくれた。私はその時はじめて我に返って、

「どうもありがとうございました」

と言った。

私は感無量で涙がたくさん出た。大任を果たした喜びと、安らかさと、優しさがあった。平和で、抜け殻だった。放心状態でもうろうとした頭の中に、夫や両親やみんなの待っている顔が浮かんだ。そのまま分娩台の上で一時間眠った。

「ご飯ですよ」

と起こされた。おにぎりと梅干しとお茶が運ばれた。ご飯をあんなにおいしいと思ったことはなかったけれど、早く夫と母に会いたくて、気がせいてあまり食べられなかった。

ネグリジェに替えてもらった。体をふいてもらって、寝台に移されて、そのまま分娩室から運び出された。分娩室の入り口に、夫と母が待っていた。二人を見たら、また涙がいっぱいこぼれた。

陣痛が来てから出産まで十四時間かかった。

ふつう、世の中で「お産は痛いわよ」と言う。実際はそんなものじゃない。その百億倍は痛い。びっくりした。でも地球上の何億というお母さんがこの痛みを経験したことを考えれば、なんでもないと思わなくちゃいけないのかしら。

女ってすごいなあと思う。あの痛さを男に知ってもらいたい。それにしても、もしあの痛さがなければ、もしいい気持ちだったらば、世の中は人口が増えて増えてしょうがないでしょう。

赤ちゃんの体重は二、九六一グラム。標準より少し小さめだった。予定より二週間早かったからしかたないのかもしれない。私のおなかはとても大きかったのに、赤ちゃんのほかに何が入ってたんだろう。

次の朝、朝食をとりに食堂へ行った。お母さんになりたての人たちが、食欲もりもりで楽しそうにご飯を食べている。心ときめいて外を見たら、見晴らしのいい日で、真っ白な富士山がビルの向こうにドーンと見えた。爽快で、幸せで、すがすがしくて、すてきないい朝だった。

新しい人生が始まったと思った。

今日から私はお母さんなのだ。

病院にはそれから一週間いた。

二日目に中山千夏ちゃんの夫妻と白石冬美さんがお見舞いに来てくれた。

赤ちゃんのおちんちんが大きく見えた話をしたら、千夏ちゃんは、

「みんな、男だとか女だとかいうことを誇示しながら出てくるらしいよ」

と言った。感激して涙がこぼれた話をしたら、

「それじゃレコード大賞もらった時こぼす涙とおんなじじゃない」

と千夏ちゃんが言った。私は、

「そんな安っぽいもんじゃないよ」

と言った。

三日目から赤ちゃんは私の部屋に来て、一緒に寝ることになった。赤ちゃんを最初に抱いたのは夫だった。新生児室から赤ちゃんが運ばれてくる。長いベッドに赤ちゃんが五、六人、縦に並んでいる。看護婦さんがそれぞれのお母さんの部屋へ配って歩くのだが、夫がちょうどロビーに出ていたところに、そのワゴンが来た。夫はその中から自分の子どもを言いあてて、抱いて部屋に入ってきたのだった。

こわれそうな宝物をさわるように、ぎこちない格好で抱いて、そろりそろりと部屋に入ってき

た。

父は私に、

「母性愛は出たか」

ときく。

私は母性愛よりも、赤ちゃんがかわいいというよりも、この子を私が産んだのかという、不思議な感じばかりだった。父は、

「お前は冷たいな」

と言い、毎日毎日病院に電話をかけてくる。

「今日は出たか」「もう出ただろう」

ときく。まるで便秘だ。私はだんだんあせってきた。私は冷たい人間かしら、と思った。

でもそのうちに、出てきた出てきた。毎日おっぱいをやっていると、飲みながら笑い顔を見せる。まだ目も見えないのに、何がうれしいのかと思うと、もうたまんなくなるほどかわいい。

おっぱいの出はそんなによくないので、ミルクと半々にしている。お見舞いに来てくれる人たちの前でも、平気でおっぱいを出して飲ませる。私は今までおっぱいなんて兄妹にも見せたことはないのに、その日から平気になってしまった。見るほうも平気らしい。おっぱいを飲ませた日から、それはもう、バストじゃなくて、哺乳びんと同じになってしまうのだろう。

名前は「唱《しょう》」と決定。夫が命名した。

私のレミは、ドレミからとったのだから、私の子どもは唱歌の唱なのです。姓名判断の本を貸してくれた人がいて、そんな本があると無視するわけにはいかないので、つけるのはむずかしかったらしいが、この名前はその本では「無から有を生じる」縁起のいい画数なので、その点でも安心だった。

夫は病院とうちの間を何度も往復して、私が欲しがるものを運んでくれた。

「おれは荷物運びしか役に立たねえなあ」

と言う。あとから読んだ『スポック博士の育児書』にも、

「だれもかれも、ただもう赤ちゃんをかまうばかりで、父親ときたら、まるで荷物運びの赤帽ぐらいにしか見てくれないのです」

と書いてあった。

退院の日に、看護婦さんにさよならを言ったら、看護婦さんは、

「さあ、これからが戦争ですよ」

と言った。

愛の讃歌

退院の日、うちの赤ちゃんを夫が抱いて病院の玄関から外に出た。

小雨の降る寒い日だった。車に乗るまでのちょっとの間だったけれど、赤ちゃんはキュッと顔をしかめた。赤ちゃんにとって初めての外の空気だった。

ハイヤーでうちに帰る道、いつも通っている道なのに、全然違う景色に見えた。

うちに荷物を降ろして、私と赤ちゃんはそのまま車で実家に帰った。

実家は松戸なので道は遠くて、高速道路は混んで、排気ガスがいっぱいだった。赤ちゃんは生まれてすぐにこんなに悪い空気を吸って、かわいそうだった。

松戸に着きました。

さっそく脱脂綿や哺乳びんの煮沸消毒やらいろいろの準備に大わらわ。といっても自分はまだ安静にしていたほうがいいので、何もできないから、母に全部やってもらうのだけど、なにしろ母にとっては三十年前にやったことなので、さっぱりはかどらない。

私は横になったまま母の様子を見ていると、まどろっこしくて、そのうち赤ちゃんはギャアギャア泣くし、煮沸はまだできないし、私はカアカアカッカカッカして、母に向かってどなったり怒りちらしたりした。

いよいよ哺乳びんにミルクを入れる時になって量ろうとしたら、哺乳びんの目盛りはミリリットルになっている。病院で使っていた哺乳びんはccなので、ミリリットルとccの違いがわからない。私はまたカアカアした。

タケコちゃんが雨の中を薬局にききに行ってくれた。タケコちゃんというのは、子癇で死んだ兄嫁の姉さんで、その日は私の退院を手伝いに来てくれていたのだ。薬局では、ミリリットルとccは同分量だと教えてくれた。

それでも私は心配で、今度は病院に電話した。病院でも、同じですよと言った。

私はまだ心配で、なんで私はこんなに疑い深くなったのだろう。今までは何でもいいかげんにやってきたのに、今度は静岡にいる妹のミカに電話をしてきいた。そしたらやっぱり同分量だと言うので、やっとほっとした。

私がカアカアしちゃった、と言ったら、妹は三人の子持ちだから、すごく軽く、

「リズムに乗ればなんでもないわよ」

と言った。

赤ん坊はぴったり三時間おきに泣く。泣くたんびに夜中でも母が起きてくる。そしてストーブの火をつけて、私にガウンを着せかけてくれる。私がおっぱいをあげる間、ずっと見ていてくれる。私は昔っからネボスケで、そのことを母はよく知っているから、赤ん坊が泣くと私がすぐ起きるのを見て母は、

「よくやるわね。やっぱり母親になると違うわね」

と言った。

「大変ね。ご苦労さま」
とも言ってくれた。

猫の桃代はかわいそうだった。うちの中の様子が違って、赤ちゃんのいる部屋には一歩も入れさせてもらえないし、前よりも人間がかまってくれない（うちのアパートでは猫を飼ってはいけないことになったので、今は実家にひきとってもらっているのです）。

私が赤ちゃんを抱いて桃代とすれ違ったらば、ウーウーとうなった。そんなこと一度もしたことがないのに。桃代はばかじゃないから、自分よりかわいいものがうちに来たと思うのかしら。子どもを産む前は、私は猫と子どもとどっちがかわいいだろうとか、産んでからは、かわいさがいつ逆転するのだろうかとか思っていた。でも桃代は桃代でいつまでもかわいいし、あんなかわいい生き物はいないと思う。子どもも子どもで、またこれが今まで味わったことのないかわいさで、猫と比べることはできない。

桃代は利口だから、赤ん坊をかじったりはしないだろうと思うけれど、もし赤ん坊のベッドにのって、あったかいから赤ん坊の胸の上で寝て窒息でもさせたら大変だ。それで、夫が桃代を家に連れていった（アパートの大家さんに了解してもらった）。赤ん坊の実家は松戸で桃代の実家は青山で、それぞれ実家へ引き揚げたのでした。

赤ん坊と猫が交代で家と実家を行ったり来たりすることになった。

父は私が来た日から十日間も、一歩も外へ出ないで赤ん坊の顔を見っぱなしで、ちょっとでも赤ん坊が目を開けるともう大変、もったいないもったいないと言ってまた顔をじっと見ている。

赤ん坊の顔を見ていると、無心さにひかれて、どんどん心がきれいになるみたいだと言ったり、長いことおふろにつかって出てきた後みたいに、うっとりほのぼのしたいい気持ちだと言ったりして、よだれがたれそうな顔してながめている。

母は母で、般若心経が大好きで毎朝毎晩仏壇に向かってお経を唱えていたのに、「赤ちゃんは神様とおんなじだから、赤ちゃんを見ているとお経をあげているのとおんなじ」と言って、お経を唱えなくなってしまった。

沐浴は父がさせた。夕方になると、

「ふろだ、ふろだ」

と言って、さっさと自分でおふろを沸かしに行く。赤ん坊と一緒におふろに入って、

「どうです、この顔。いいねえ。すばらしいだろう」

と言う。まるで自分が産んだみたいだ。

私が赤ん坊をかわいいかわいいと言うと、父は、人前ではみっともないから自分の子どもをあんまりかわいいと言うな、と言うくせに、お客さんが来ると、

「どうです。すごくかわいいでしょう」

と自慢げに言う。

生まれて十日目に、夫が出生届を出しに行った。

「今日から唱は日本人だぞ」

と夫が言った。夫は三日に一回くらい子どもを見に来た。私が、

「かわいいでしょう」

と言うと、夫は、

「赤ん坊はみんなかわいいよ」

と言う。あんまりうれしそうな顔をしないから、私は産んで悪かったかしらと思ったけれど、初めのうちは、うれしいというより不思議だという感じが多かったらしい。

よく寝てくれるし、ミルクも三時間おきに飲んで、順調そのものだったのに、ある日、だっこしていたら、笑い顔したのに次の瞬間、両手を広げておびえた顔をして、いきなりキャーッと悲鳴をあげた。その日はそれだけだった。

おびえるような心当りはなかった。それが三日に一回、二日に一回、それから二日続けてそれをやった。

私はもう心配で、脳の病気じゃないかしらと思った。病院に電話して、脳の病気を調べるのはどうするのですか、ときいた。そしたら脊椎から何か液をとって調べるのだという答えだったから、私はもう恐ろしくて、かわいそうで、こんなちっちゃな子に針の太いのを刺して液をとるなんて、私が代われるものなら代わってあげたいと思った。

私は神様に手を合わせた。勝手なもので、神様に手を合わせたことなんかないのに、こんな時だけ神様にお願いするのだ。

ほんとうに母性愛が出たのはこの時からだと思う。

父の知合いの小児科の先生に電話して、赤ん坊の様子を話した。先生は、

「かわいがってみんなが抱くでしょう。ほおずりしたり、いろんなことしてかまいすぎるでしょう。赤ちゃんは、おなかの中にいる時は湖みたいに静かな状態でいたのだから、いきなりやかましくするとそんなふうになるのは当り前ですよ。それはカンの虫というものです」

と教えてくれた。

それからは静かに、あんまりかまいすぎないようにしたから、カンの虫はすぐおさまったけれど、実家は来客が多いし、みんなが見たり抱いたりしたがるから、そろそろうちに帰ることにした。

産後は私が楽をしようと思ったから、母にめんどうをみてもらっていたのだが、母は少し疲れてきたらしいし、私も元気が出てきたので、ほんとうはお正月を実家で過ごす予定だったのだけれど、暮れのうちに引き揚げた。

唱と桃代がまた入れ替わった。

うちに帰ると、お祝いがたくさん届いていた。ベビー服もあった。ベビー靴もあった。おもちゃもあった。お人形もあった。食器もあった。天井からつるすガラガラもあった。唱が誕生した日の新聞とその週の週刊誌をたくさんそろえてくれた人もいた。

いちばんユニークな贈り物は、永六輔さんと八木正生さんのプレゼントで、永さん作詞、八木さん作曲でデューク・エイセスが歌ってくれている唱のための歌のテープだった。

「ウェルカム　ミスター　ショウ」という題です。

君は僕たちの小さな仲間
さあ早く立って　さあ早く歩け
そして一緒にお酒をのもう
そして一緒に歌を歌おう
ワンダフル　ショウ！

ビューティフル　ショウ！
世界は君のワンマンショウ！
君は宇宙のグレイトショウ！
ようこそ唱ちゃん
ようこそ唱ちゃん
ようこそ唱ちゃん
ウェルカム！　ミスターショウ！
WE ALL WELCOME SHOW！

うちへ帰った次の日は、私たちの結婚記念日だったので、外へご飯を食べに行った。

前ならいつでもすっと出られたのに、今は唱にミルクをたっぷり飲ませて寝かしつけてから出なければならない。そして次に目を覚ますまでには帰ってこなければならない。そうやって行って帰ってきたのだけれど、その話をすると友だちはみんな、

「大胆なことするわねー」

とか、

「生まれたばかりの赤ちゃんをおいてよく出かけられるねー」

とか言う。

「その間に火事や地震があったらどうするの」

と言う人もいる。

そんなことを聞くと心配になっちゃって、出かけられなくなってしまう。やっぱり育児本位の人生になってしまいそうだ。赤ちゃんはかわいくてしょうがないけど、家庭にだけ閉じこもっているこれからの自分を想像すると、それもつまらない。

新聞を見ると、最近は子どもの記事ばかり目につく。赤ちゃんの事件ばっかりあるような気がする。五つ子は明るいニュースだけれど、そうじゃなくて、赤ちゃんを殺したりするような、暗い残酷な話がとても多い。でもそれは昔からあったことらしいけれども、自分が母親になったから、そういう記事ばかり目につくのだろう。

妹は電車に乗っていて、赤ちゃんを連れた人がいると、

「何か月ですか？」

といきなり知らない人にきく。

私はなんてなれなれしいんだろうと思っていた。ところが自分の番になってみると、私もちゃんと妹とおんなじようになった。

買い物に行ったときなど、赤ちゃんを連れた人と親しっぽく口をきく。赤ちゃんを持っている人はみんな同類という気がするのです。子どもを産む前は、世の中の母親たちは、自分とは無関係のはるか遠くの人だった。

向こうもそう思うらしくて、今まで遊びに来たこともない夫の友だちの奥さんたちが、私に赤ちゃんができたとたんに、

「見せてちょうだい」

と言って、自分の子どもを連れてやって来るようになった。

子どもがどっちに似てるかということは、いろいろな説がある。

私に似てるという人もいるし、夫に似てるという人もいる。私も誰に似てい

るのかさっぱりわからない。

日によっても、時間によっても顔が変わるし、きげんがいいかどうかでも全然違った顔になる。西洋人の血が八分の一入っているはずだけれど、どうもそんな様子もない。でも、私の父によく似てるという人もいるから、それがほんとうなら混血児のような顔になるのかなあ。

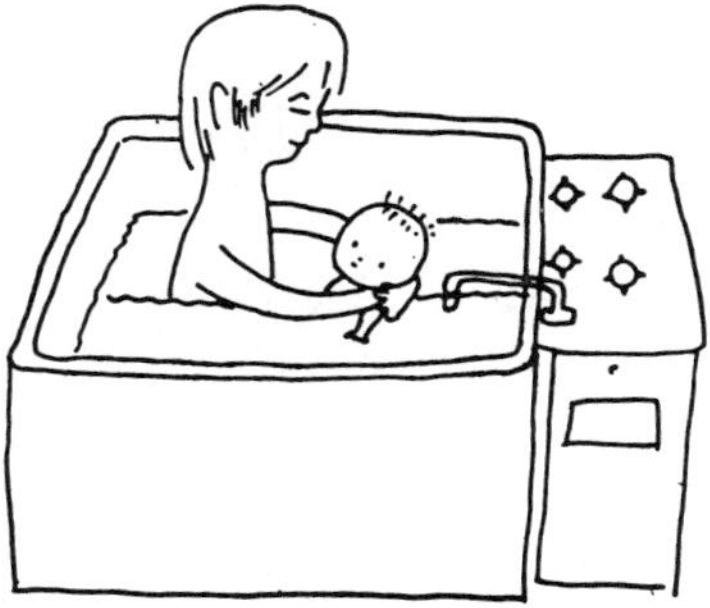

おふろは毎日夫が入れている。

上手に入れるらしくて、泣いたことがない。

ある日、いつものように夫が赤ん坊とおふろに入っていた。

「おーい、洗面器」

と呼ばれて、洗面器を渡しに行ったら湯ぶねがうんちのまっ黄黄でかき玉状態。夫があわててかき玉をすくい出そうとしたので、

「そのかき玉、ぜーんぶ、私のおっぱいでできてるのよ。なんにも汚くないでしょ」

と私が怒ったら、夫は捨てるのをやめて、かき玉の中で静かに赤ちゃんと首までつかっていた。

夫はおむつも時々替えてくれる。夫の友だちはみんな、信じられない、とも言う。イメージが狂っちゃった、と言う。

私は今、五五キロ。唱がおなかにいる時の最高は六三キロ。妊娠する前は四二キロだった。一三キロ余分に肉がついて元に戻らない。洋服がみんな着られなくて、スカートをはこうとしてもおしりでつっかえてしまう。これをなんとかするのが、今の重大な課題。

唱は一月に一回、保健指導を受けに病院に連れていく。

一月目に四、三二〇グラム。二月目は五、五〇〇グラムで、生まれた時の倍近くになった。

身長は約八センチ伸びた。

ミルクしか飲んでないのに、それが肉になったり、まつげになったり、つめになったり、うんちになったり、鼻くそになったりするのが不思議でおもしろい。

もう目が見えて赤いものを目で追ったり、アッコンなんて言ったりする。

おっぱいとミルクをあげる。果汁を作って飲ませる。哺乳びんの煮沸消毒。粉ミルクを量って用意する。ミルク用のお湯を寝室に用意する。湯たんぽを入れる。ふとんを干す。おむつを替える。洗濯。ガーゼの消毒。おふろ。オリーブ油をおしりにつける。着替え。耳掃除。つめを切る。発疹が時々できるので薬をつける。

その間に、二人のご飯を作ったり、掃除したり、買い物に行ったり、あれやこれやで母親というのはなかなか大変な仕事だ。その上にもう一人小さな子どもがいたら、ほんとうに大変らしい。

私はまだ子どもは一人だが、母親一年生としては手いっぱいです。

ほら、また泣いた。

II

日々につくチエ

私の子どもは今一年と一か月になる。

出産の苦痛は十四時間だったけれど、子育ての苦労はまだまだ何年も続きそうだ。

退院の日に看護婦さんが言った「さぁ、これからが戦争ですよ」の言葉は、今になってまた実感となってよみがえってくる。

子どもにかかりっきりなものだから、ちょっと心配になることがある。このまま子どものつきそいで一生終わってしまうのかしら。今は無我夢中だけど、子どもが大きくなってはっと気がつくと、もうシワクチャになっているのかしら。そう思うと子育てというのは悲しいもののようだが、今の私は楽しくってしようがない。

今の私は毎日毎日笑ってばかりいる。子どもを見ていると、おかしなことばかりするからだ。ミルクしか飲んでいないようなちっぽけな生きものなのに、きのうと今日では知恵がはっきりと違う。入梅のころの木の芽を見ていると、日によってはもちろん、時間によっても変化がわかるように、今、子どもを見ているとそんな感じがする。

最初におぼえた言葉は「ワンワン」だった。唱は「アワンワン」と言う。それは私が「あ、ワンワンだ」「あ、ワンワンが来た」というふうに言っていたからで、どうやら「アワンワン」というものだと思ったらしい。犬だけでなく、ネコでもパンダの縫いぐるみでも「アワンワン」だ。飛んでいるヘリコプターを指して「アワンワン」と言ったこともある。

それから「カーカン」と「トータン」をおぼえた。でもそれはしばしばいっしょになって「タータン」になってしまう。不思議なことに、私が小さい時、自分のことを「タータン」と言っていたのだ。今でも両親や兄妹の前だと、自分のことを「タータン」と言っている。それなのに自分の子どもが私を「タータン」と呼ぶのでは、区別がつかなくなって困ると思う。

唱は、回るものが大好きだ。夏、扇風機をいつまでも見ていたのが始まりだった。換気扇もいつまでも見ている。指さすことをおぼえてから、まず指したのは換気扇だった。次にヘリコプターのおもちゃ、そしてテープレコーダーだ。扇風機屋さんか録音のミキサーになったらいいと思う。最近は回るものを見て「グー」と言うようになった。「グルグル」という感じなのだ。今日は換気扇を見て「プ」と言った。換気扇を「センプウキ、センプウキ」と教えているから、どうやらセンプウキのまん中の「プ」が出るようになったらしい。

「唱ちゃんいくつ?」と言うと、一本指を出す。ある日「唱ちゃんいくつ?」と言ったら、一本指を出しながら「ワン」と言ったのでびっくりして、この子は天才かしらと思った。よく考えたら、ちょうど前の家の犬がほえたところで、一本指と「ワンワン」がいっしょになったのだった。

子どもを両親にあずけて一泊旅行をした。次の日子どもを迎えに行ったら、母が話してくれたのは、夜中にふとんから抜け出して、自分の寝ていたふとんを見て「タータン、タータン」と呼んだと言う。私は子どもにつきっきりで年をとっちゃうのはいやだから、たまにはいいだろうと夫の取材旅行について行ったのだが、旅行のあいだ中、今、唱ちゃんはどうしているんだろうと考えていたのだった。

のんびりが一番

まだ一つになったばかりなのに、気味が悪いということを知っている。うちにあるアフリカの民芸品で木彫りの人形を見ると、「アンアン」と言って首をふりながら、私にしがみつく。本当におびえた顔をする。その人形を近づけると、泣いてしまう。もうひとつ、ロウソクをたらして作った人形がうちにあって、それも怖がる。そう言えばどっちもおとなが見てもちょっと気味が悪い人形なのだ。だれもこういうものが怖いなんて教えないのに、どうしてわかるのだろう。

「アンアン」と言うのは拒否の言葉で、これを唱が言うようになってからはいろいろと手間が省けるのだ。例えば「マンマ食べる?」ときいて「アンアン」

と言った時には、どんなに食べさせようとしても絶対に食べない。「ウンチした?」と聞いたら「アンアン」と首をふった。調べると本当にしていない。しばらくしてまた「ウンチした?」と聞くと黙ってまじめな顔して私を見ている。今度はしていた。

「マンマ」という言葉を覚えたのもつい最近だ。おなかの減った時には「マンマ」と言う。これは当たり前だけど、割りばしがベランダに落ちていたら、それを指して「マンマ」と言った。食事に関係あるものは「マンマ」なのである。おむつについたウンチを指して「マンマ」と言った。やっぱり食事に関係があるものなんだ。

テレビの料理番組でごちそうがアップになると、はって行ってブラウン管をなめちゃう。そして「おいしいおいしい」をする。「おいしいおいしい」というのは本当はほっぺを手でたたくのだけれど、唱の場合は頭をたたくのである。クッキーやおせんべを食べている時、だれも見ていなくても一人でむこうを向いて頭をたたいている。

子どもにはたいてい癖があって、毛布のはしをしゃぶったり、指をしゃぶったりする子が多い。唱はその癖はないけれど、小さいゴミを拾って口に入れて、口の中でモグモグやっている。ベロの先でぺっと出してからまた口に入れたりする。そんなことしている時はとてもきげんがいい。親指に二つもタコができている子が近所にいる。あんまり指をしゃぶるからタコができちゃった。うちの子は指をしゃぶらないが、ゴミをモグモグやるのとどっちがいいかしら。

一年二か月と二日目に、三十秒ぐらい立った。唱のうれしそうな顔ったらなかった。次の日はもう少し長く立った。でもいつも失敗する。立った時はこちらが喜んで「立った！　立った！」と大声を出すものだから、唱はびっくりして机につかまってしまう。だから今度立った時にはみんなで黙って凝視してシーンとしたら、雰囲気がおかしいと思ったのか、またすぐつかまってしまった。

まだようやく立つこともあるという程度で、歩くことはできないが、「カタカタ」につかまって歩くことはする。私の実家の松戸では、門を出ても車の心配もなく「カタカタ」で遊ばせることができる。今、私の住んでいる東京の街中は、一歩出れば車の洪水で「カタカタ」なんてゆうちょうなことを言っていられない。

私ははだしで野原を駆けまわって育った。犬もネコも放し飼いでまわりにいたし、鶏のコココという声もいつも聞こえていた。小鳥もさえずっていた。葉っぱもそよいでいた。実家につれて帰ると、唱は木の葉のざわめきを見て「ア、ア」と言って指さしながらじっと見ていたりする。子どもにとってはそういう環境が必要だと思う。「のどか」がいちばんいいと思う。

でものどかなところでもお母さんがキーキーしていたら何にもならない。のどかでない東京のまん中でも、子どものためにせめて私がのどかでありたいと思う。

結局、親育てなのだ

去年のクリスマスに友だちが、うちの子どものためにプレゼントをくれた。それはクリスマス用の輪かざりみたいなもので、豆電球がついていて、コードをさしこむとチカチカといろんな色になってついたり消えたりするものだった。

それを見て喜ぶので、クリスマスを過ぎても、ときどきつけて見せてやっていた。この間、それを指さして「パッパ」と言った。そして手をつぼめてひらいて、ほんとにパッパという表現をした。

それを「パッパ」とは教えなかった。手の格好も教えなかった。それなのにどうしてそういう言い方や手の動きができるのだろうか。「ウーウー」でも「カンカン」でも「ナンナン」でも、赤ん坊なら勝手な表現がいくらでもできそうなものだし、手だって頭たたいたりテーブルたたいたりしてもいい。でもちゃんと大人に通じる表現をやったことが不思議でしようがない。外国人の子でもやはりこのチカチカを見て「パッパ」と言うのだろうか。

それから、よく正座をする。これも教えないのに自然にそういう坐り方をするようになった。うちは畳の生活じゃないのに、親はまるで正座することがないから、まねするわけじゃないのに。外国人の子でもこのくらいの年で正座をおぼえるのかしら。それとも外国人の子はやっぱり正座なんかしないのかしら。うちの子の場合は、日本人の血がそうさせるのかしら。

テレビを見ていて、おばあさんが出てきたら「アンアン」と言った。前にも書いたけれど「アンアン」というのは拒否の言葉だ。次に若い女の人が出てきたら「タータン」と呼びかける。まだだれも教えないのに、若い人が好きみたい。もしかしたら世の中はクチャクチャのおばあさんの方が美しいというふうにできているかもしれないのに、どうして大人の男の人と同じ感覚になってしまうのか。つくづく大人の男ばかりを責められないと思った。まだ一年と三か月しか生きていない人間が、若い方を好むのは、やっぱり男だからだろうか。

これが本能なのかしら。女の子だったらどういう反応をするだろう。

私は最近、レコードを出した。永六輔さんといっしょに「どうして」という歌を歌った。子ども向きの歌だから、そのレコードを唱に聞かせた。しばらくすると唱は「ンダ、ンダ」と言う。はじめは何のことかわからなかった。そのうち「ンダ」とは歌のことで、「歌ってくれ」とか「レコードをかけてくれ」という感じで「ンダ、ンダ」と言うことがわかった。歌っていて途中でやめると「ンダ、ンダ」と言う。そういう時は「続けろ」という意味である。

唱は「どうして」という歌が気に入ったらしくて、私がその歌にあきて違う歌を歌うと「アンアン」と言う。しょうがないから、また同じ歌を歌う。吐き気がするほど一日中同じ歌を歌い、同じレコードをかけている。

私は自分勝手で、いやなことは絶対しないで、楽なことだけして生きてきた。学校もいやになってやめてしまったほどだった。それでも平気で生きてこられた。ところが子どもが生まれてからそうはいかなくなった。自分勝手にやっていたら、子育てなんてできない。子育てどころか子殺しになってしまう。唱は私を頼りに生きているのだ。

私は唱のおかげでずいぶん勉強をした。人間的にもうんと成長したような気がする。あんなにわがままだった私から、わがままがとれて、今まで持ち合わせていなかった思いやりや、やさしさが生まれてきた。唱に対する思いやりがきっかけになって、だれに対してもその人の気持ちをわかろうと努めるようになった。結局、子育てというものは、親育てなのだと思う。

お守り

子どものいなかった時の私はネボスケで、いつも十時か十一時に目をさましていた。冬なんかすぐ夜が来てまた寝なくちゃならなかった。

今は朝六時ごろには唱ちゃんに起こされて目をさます。昔の私を知っている人は、私が六時に起きると聞くと、ひっくり返って笑ってしまう。

ある日一日の唱と私の行動を書くと、朝、起こされて、オムツを取りかえて、一日がはじまる。まず、ごはんを食べさせる。ごはんだけ食べるということをしない。何か持ってそれで遊びながらごはんを食べる。回るものか丸いものが大好きだ。セロハンテープを見つけて遊んでいるうち、手がベタベタになってしまったので、風車《かざぐるま》と取りかえさせた。風車というのは、子ども用の自転車につける、プラスチックのやつ。唱はこの風車の羽根が回るのが大好きだ。最近は口で吹いてこれを回すことをおぼえた。

その日はうどんを食べさせた。うどんは十センチくらい長いのをツルツルっとすることができるようになった。そうしてツルツルっとうどんを食べながら、風車をフウフウと吹くもんだから、うどんがまたヌルヌルっと出てきて、いくら食べさせてもそれのくり返しになってしまう。風車を取り上げてしまった。ギャーギャー泣く。

泣くのでヘリコプターのおもちゃを持ってきてごまかす。そのうち本当のヘリコプターが飛んできた。ヘリコプターの音がすると、私にかじりつく。前からそういう習慣で、かじりつくのは、抱いてヘリコプターを見せてくれということなのだ。私でなくても、だれでもそばにいる人に、ヘリコプターか飛行機の音が聞こえると、むしゃぶりついていくのだ。

箸《はし》とうどんの入ったお茶わんを持った私にとびついたので、私はよろけて、新しく買った春のスカートが、うどんのつゆでびちゃびちゃになってしまった。

それから私は顔を洗う。洗面所まで唱はついてくる。歯ブラシをほしがるので渡すと、おとなのまねをして口につっこんでみがくかっこうをする。そのまま転んだりしたらあぶないので目がはなせない。

私が鏡の前で化粧水をつけようとしていると、玄関から自分のクツと私のクツを持ってきて「モンモ、モンモ」と言う。「モンモ」とはおんものことで、外につれていけというのだ。そこで外に出る。通勤の人たちが忙しそうに通る。

オッチニ、オッチニと歩かせて、近所のボウリング場に行く。途中で丸いもの、回るものを見つけると、そこで立ちどまってしまう。建物の外側についている換気扇とか、道路のマンホールのふたとか、止まっている自動車のタイヤとか、自転車とか、とにかく丸いもの、回るものを見ると指さして「グーグー」と言う。床屋さんの看板なんか大変だ。昼間出ているうすいお月さまにさえ、手をのばしてねじるかっこうをするのだ。

土の中にあった小さな金の輪（ネジについているやつ）を見つけて、ほじくり出して、あっと言う間に口の中に入れてしまった。あわてて取り出したら、すっかりピカピカにきれいになっていた。

一日のことを書こうと思ったら、まだ午前中の半分にもなっていない。この調子でつき合っているから、私の自由な時間は子どもが昼寝してからなのだけれど、私もつかれて一緒に眠ってしまうのである。

原っぱが大好き

唱が生まれたてのころに、私の兄貴が、天井からつるすガラガラを買ってくれた。それは「ゆりかごのうたをカナリヤがうたうよ」という歌のメロディーのオルゴールにのせてぐるぐる回るものだった。小さい時からこのメロディーを知っているから、私が何げなく口ずさんだり、童謡のLPをかけている時、その曲になると、唱は急いでベッドの部屋に行ってガラガラを指さすのです。それは電池で回るようになっていて、最近は電池が切れているけど、唱もだいぶ大きくなってきたのでガラガラを回していない。

ある日唱は「ギーヤンバンビラギヤ」と言った。何のことかわからないし、でたらめを言っているのかと思った。だけど同じことを何度も言う。「何のこと?」と私が聞くと、ガラガラを指さした。そこでガラガラを天井からはずしてごはんを食べるところに持ってきた。それでも唱は「ギーヤンバンビラギヤ」と言ってもとのところを指さす。もとの天井にはそのガラガラを回す電池を入れる部分がまだ残っていた。「ギーヤンバンビラギヤは?」と言うとそれを指し、「ゆりかごのうたは?」と言うと、移動したガラガラの本体を指す。だから「ギーヤンバンビラギヤ」というのはガラガラの中の一部分のことだったのだ。次の日もはっきり同じことを言った。それにしても長い言葉なので、「ガラガラを回すためのギヤの入った部分」と言っているのだ、と夫は言った。

日ごとに知識もふえ、運動量も多くなってゆく。男の子らしく乱暴にもなった。カギをふりまわすのが私の歯に当たって、前歯が小さく欠けてしまった。次の日はこたつの足をひっぱり出してきてぐるぐるまわしているうちに、私の顔に当たって口の中を切り、上くちびるがはれ上がってしまった。歯は欠けるしくちびるははれるし、とても出っ歯ふうになって、人のいいお母さんの顔になった。夫は目の中に指を入れられて、目がはれ上がってしまい、お医者さんへ行った。

近所に「お日さまの会」という、子どもたちの会がある。作ったのは小児科の先生で、東京の子どもたちはコンクリートの生活で、自然を知らないし、アパート住まいで隣近所とあまり接触しない、というところから、自然になじみ、子どもたち同士、お母さん同士の交流を目的にした会である。大学生のお兄さんが赤いリヤカーに子どもたちを乗せて緑がいっぱいある公園に行き、半日思うぞんぶん遊ばせる。裸にしておしめもとって、まり投げしたり、散歩したり、小さな虫をとったりして遊ぶ。

その中に「ヨチヨチ会」と「スタスタ会」があって、唱は「ヨチヨチ会」に入った。公園の中にはコンクリートで舗装してあるところと、原っぱのところとあるけれど、子どもたちはコンクリートには見向きもしない。みんな草っぱのところだけをヨチヨチと歩く。唱もふだんはコンクリートの道ばかり歩いているが、その日は原っぱのところだけで長い時間遊んでいた。

ほかのお母さんたちとたくさん話ができるので、私のためにもとてもいい。育児についてのいろいろな話をしたあとで、一人のお母さんは、「子どもを寝かせてからダンナが帰ってくるまでの静かな時間に、冷蔵庫から氷を出してオンザロックで一杯やる時が最高」と言った。そうよそうなのよ、と意気投合したお母さんもたくさんいた。

オムツがとれない

公園などで、同じ位の年ごろの子どもを連れたお母さんに会うと、話題はまず最初オムツが取れたか取れないかということになる。子どもも一年半になると、そのことがどのお母さんにとっても大問題らしい。

オムツの取れた子どもを連れているお母さんは得意気だ。「とっくに取れちゃった」とうれしそうに言う。子どももパンツ一枚で、何だかせいせいした感じで、見るからに身軽な感じがする。うちの子はまだ取れていないので、私はあせってしまう。夏になったのに、分厚いオムツをもたもたおしりにまつわりつけて歩いている姿を見ると、かわいそうになる。この夏が勝負だと思って、一枚九十八円のパンツを二十枚買ってきた。パンツ一枚だと急に涼しくなるのか、やたらにオシッコをする。パンツを脱がせるとしないくせに、はかせるとすぐする。家中でオシッコをしてしまうので、あと始末が大変だ。うちの人は感じないけど、よその人が入ってくると、何となくプーンとにおう、なんてことがないよう神経を使う。何事も根気だと思う。

お母さんたちの話だと、うちの子と同い年でスプーンを持ってこぼさずにごはんを食べる子とか、牛乳をコップで飲む子とか、食事の支度中、台所でまつわりつかない子とか、びっくりするのは買い物に行ってお釣りもちゃんともらってくる子までいるのだ。それに比べるとうちの子は何にもできない。

でも遅かれ早かれできるようになるに違いない。そうは思うのだけど、ちょっとあせったりもする。だけど考えてみると、子どもが手がかからないのは、親の都合がいいということで、親が楽できるというだけのことかな、という気もする。子どもにとっては別にどっちでもいいことかも知れない。

だんだんイタズラになってくる。おもちゃより、いじっちゃいけないものをいじるのが好きだ。機械が好きで、特に機械にはたいてい唱の好きな丸くて回るものがついているから、テレビのダイヤルとか、レコードプレイヤーとか、テープレコーダーとか、時計とか、ガスレンジの空気調節とか、うちにある機械類はたいてい具合が悪くなってしまった。男の子のいるうちはたいていそうだろうと思う。

きびしくしつけようとするのだが、病気をするとすぐ甘くなる。病気の時は泣いてばかりいるし、まつわりついてくるし、気分が悪いんだろうなと思うから、つい甘くなる。好きなことをさせておけば黙っているし、静かだ。でも気がつくと、替えたばかりのレコード針がもぎ取られていたりする。

こんな小さい子でも人の顔かたちをよく見ているらしく、雑誌に小さく小さく黒柳徹子さんの顔写真が載っているのを指して「レロレロ」と言い、それから本箱まで歩いて行って、本箱の中にある一冊『おしゃべり倶楽部』という黒柳さんが出した本の背表紙にある一センチ四方の写真を指した。それから今度はテレビを指してまた「レロレロ」と言った。その時はテレビはつけてなかった。うちは黒柳さんの番組を昼間毎日のように見ているから、きっと覚えていたのだろう。どうして黒柳さんが「レロレロ」なのかはわからない。

ある晩、黒柳さん本人がうちに来た。唱は本物を見てニヤッと笑い、また本箱のその本を指して「レロレロ」と言った。ちょっと気味が悪いのは、私が黒柳さんからいただだいた洋服を指して「レロレロ」と言ったことで、洋服を手渡された現場には、唱はいなかったのだ。「どうしてわかるの?」と聞いても唱はただ「レロレロ」と言うだけだった。

言葉を覚える

うちの唱は、もう一人前に「和田唱様」というあて名で手紙をもらう。最初は「世界野生生物基金日本委員会」からの手紙で、唱はジュニア会員になったからバッジを送ってきたのだ。パンダのバッジで、唱はこれを見て「パン、パン」と言う。パンダをおぼえたのは、上野のパンダが結婚した時で、テレビでそのニュースをやっていた時に、白石冬美さんが唱に「パンダちゃんよ」と何度も教えた。それからパンダがすっかり気にいったらしくて、週刊誌の表紙に小さくついているマークを見ても、お店でもらうサービス券に描かれている漫画のパンダを見ても「パン、パン」と言うし、破れた新聞でパンダの写真が半分だけしか見えなくても、「パン、パン」と言うようになった。

永六輔さんからも「和田唱さま」という絵はがきをもらった。「ごぶさたしています」なんて、ちゃんと一人前に扱ってくれている。永さんと私は一緒にレコードで歌っているので、永さんの写真を見せると、「ンダ、ンダ」と言う。そしてプレイヤーを指す。「ンダ」とは「歌」のことで、唱は永さんのことを歌手として認めているのです。

童画家の北田卓史さんからも「和田唱様」と、自作の絵本をたくさん送っていただいた。唱は北田さんの絵本が大好きで、何度も何度も見て、絵をすっかりおぼえてしまった。夫も絵本を作っているけれど、夫の描いた絵本はあまり見ないで、北田さんの絵本と、村上勉という人の絵が好きらしい。

夫の仕事の関係で、うちには絵本がたくさんある。唱は絵本からずいぶんいろいろなことをおぼえた。「ゾウ」「ウマ」ははっきり言える。キリンは「キン」になってしまう。ヤギは「メヘヘ」、アヒルは「ガアガア」、フクロウは「ホウホウ」、スズメは「チュンチュン」。ライオンはうまく発音できないらしくて「アオン」というふうになる。カエルは「ゲッコゲッコ」と教えたら「アッコアッコ」になった。ウサギだけはぜんぜん言えない。こちらも鳴き声がわからないので、「うさぎ」とか「うさちゃん」とか言うだけだから、言いにくいのだろう。

歌は「ぞうさん、ぞうさん」をおぼえた。そこまではメロディーらしいものをつけて歌う。レコードをかけるといくら泣いていても泣きやむくらい、音楽が好きだ。そして、しょっちゅう「ボンボンタタ、ボンボンタタタ」と独り言を言っている。これはちゃんと四拍子になっているので、そんなことは教えないのに不思議だなあと思ってしまう。リズムというのは本能なのでしょうか。「ぞうさん」の歌の中に「そうよ母さんも」というところがあって、レコードでそこにくると必ず私を指さす。童謡のレコードがおもしろい。「ちょうちょちょうちょ」の時は手をはばたくようにひらひらさせて、それからチョウの出ている絵本を持ってくる。「からすなぜなくの」の時は、窓の外を指す。ときどきカラスが飛んでいるからだ。

それでもこのごろは大人をからかうこともおぼえたらしくて、ワンワン、ニャーニャの区別は知っているのに、ネコを指してわざとワンワンと言ったりする。この間は夫を指して「ワンワン」と言った。「お父さんでしょ」と言うと、まじめな顔してまた「ワンワン」と言うのだ。これが第一回の反抗期かしら、と私は思っているのだけれども。

哺乳びんバイバイ

原宿のレストランのウインドーに、カニのお人形があって、機械で動いている。唱を散歩につれて行く時、そのウインドーの前を通りかかると、唱はじっと見ていた。動き方がおもしろいらしくてくぎづけみたいにじっと見る。そして自分もまねして、ウインドーの前で、まず地面に顔がつくほど腰をかがめ、あごを前に出して、両手をひろげ、指をカニのはさみのチョッキンチョッキンのかっこうをして、そこらじゅうをよたよたと歩きまわった。通りがかりの人はみんな笑っていた。

それからうちへ帰っても、私が「カニさん、カニさん」と言うと、そのかっこをして家の中をぐるぐるまわるのだ。この間なんか、急にカニのかっこをしたので、どうしたのかと思って、考えてみると、「蚊にさされちゃった」の「蚊に」を「カニ」と思ったらしい。それからはわざと知らん顔して「蚊にさされちゃった」と言うと、もう「カニ」をやるのだ。

松戸にある実家の庭に、大きなカタツムリがいて、それを母が唱に見せた。そして「デンデン虫」と教えた。唱は「デンデン」と言った。

カタツムリを庭に帰してから、唱に「デンデン虫はどうしてた?」と聞くと、唱は畳に寝ころがって、指をカタツムリの角のように二本立てて「ゴニョゴニョ」と言いながらからだをくねらせる。だれも教えないのに畳に横になるのは、幼児は幼児なりにちゃんと観察しているからだろう。

観察と言えば、やはり実家の庭にのらネコ（私の父はのらネコと言うと怒って「かわいそうなネコと言え」と言う）が来て、それは汚いネコで、ごはんももらえなくて人生いやでしょうがないという顔をしている。子どもが意地悪するときに「いー」とやる、鼻にしわをよせたあの顔だ。その顔で唱をじっと見る。唱もそばへ寄ってネコを見る。私が唱を見ると、唱もネコと同じ顔をしていた。

それ以来、私が「ニャーニャはどんな顔?」と聞くと、鼻にしわを寄せてその顔をする。

こんなふうに芸当がいろいろできるようになったので、大人はおもしろくてしょうがない。「デンデン虫は?」とか「カニさんは?」とか言って、芸をやらせて喜んでいる。お客さんが来た時など、おもてなしのつもりでまたやらせようとするけれど、そういう時は決してやろうとしない。人見知りなのだろうが、いつも大人にサービスしないぞ、というふうにも見える。

離乳食から普通の食事になって数か月たつのだけれど、唱はミルクだけは哺乳びんでないと飲まない。それに、ここしばらくはミルクばかり飲んで食事をほとんど食べなかった。妹は哺乳びんを捨てなさいと言う。妹は三人の子どもがいて、子育てでは私より先輩だ。私は決心して、すぐその日に哺乳びんを捨てた。最後の一本は唱を連れて外に出て、唱の見ている前で「哺乳びんバイバイよ」と言ってゴミ箱に捨てた。そのあと、「もうないのよ、ないのよ」とずっと言いきかせた。そして唱に「哺乳びんは?」と聞いたらバイバイのかっこうをした。

さてそれから食事。スプーンとフォークと茶わんを出して、ごはんとおかずとスープを並べた。そうしたら自分からスプーンをとって食べた。あんなにごはんを食べなかったのに。

寝る時は必ず哺乳びんをくわえていた。でも今日からないのだ。泣くのを覚悟で寝かせる。唱はぐずりながら「チン」と言う。チンというのはレンジの音で、ミルクをあたためるのに使うことから哺乳びんの代名詞になっている。唱が「チン」と言うので、私が「あれ？」と言ったら、唱は悲しそうな顔して笑った。もうないのにうっかり習慣で言っちゃって失敗したなあという感じの笑い方だった。かわいそうになってしまった。

全部私のまねをしている……

哺乳びんにバイバイしてからは、ミルクはコップでストローを使って飲むようになった。哺乳びんの時のくせがついていたので、はじめは寝ながらしか飲まなかった。ジュースは立っていても飲むのに、ミルクだけは寝ないとだめなのだ。元気で遊んでいても、ミルクになると寝てしまう。よそのうちに行った時もそうで、寝ころがってから「トン、トン」と言う。トンというのは「ふとん」のことで、自分の毛布をさわりながらミルクを飲むのである。コップで飲むのに寝るもんだから、近所のお母さんたちに「変わってるわね」と笑われた。でもそれもそろそろ卒業だ。すわってもどうやら飲めるようになった。

おむつもそろそろ卒業。おむつしないでも五回に四回は教えるようになった。

おちんちんをおさえて私の顔をみる。その時はオシッコだから、すぐトイレにつれて行く。たまには「チッチ」と言って私に教えることもある。

　何かして遊んでいても急にすべてを中止して、遠くを見つめるように、物思いにふけるようなまなざしをする時は、それはウンチの前ぶれである。私が「ウンチ?」と聞くと、唱は「アンアン」と言って逃げる。逃げればウンチの直前だから、これもトイレにすぐつれて行かなければならない。

　そんなふうにがんばっているのだけれど、実家につれて行くと、私の母は「まだ赤ちゃんなのにかわいそう」と言っておむつをさせてしまう。だからまたもとに戻って、一日泊まると帰ってきてから三日はだめになってしまう。私は「新聞の連載に、このこと書くわよ」と母に言った。母は「うちの中がおしっこ臭くなるからいやなのよ」と言う。私は「おむつさせるんなら、もうつれて来ないから」と言って怒る。母は仕方なく「ハイハイハイハイ」といっぱい返事をした。

　父も母も孫がかわいくてしようがないらしくて、毎日のように会いたがる。つれて行くと父は仕事を放り出して唱の相手をする。唱が眠っている間も「いつ目をさますかわからない」と仕事が手につかない。その上「唱を撮りたいから」と言ってビデオカメラを買った。唱を抱きながら、前に撮ったビデオを見て、二倍楽しんでいる。

母は唱の洋服をすぐ買いに行く。唱がそばにいない時には、唱のものを買うことで孫とつながっているように思うらしく、私が「もういらない」と言うのにあとからあとから同じような洋服やおもちゃを買ってしまう。

唱は一年十か月になり、言葉も急にふえた。十月二日はあんまりたくさんの新しいことを言ったので、驚いて書きとめておいた。バス、ヒコーキ、ジュース、ビール、ボタン、それとテレビで馬を見たらだれが教えたのか「パカパカ」と言った。

うまく言えない言葉。「えんぴつ」と教えると「ペンチュチュ」、「お料理」が「オリオリ」、「みかん」が「ピーカン」、「ごま」が「ゴワ」、「ごみ」は「ゴジ」、「おばちゃま」が「ポチャポチャ」になる。「ポチャポチャ」はかわいいので、おばちゃま、つまり私の妹は喜んでいる。

「ここ」「こっち」「あっち」とは言うけど、使いわけはまだうまくできない。

何かさがして見つかると「アッタッタッタ」と言う。「あった、あった」でしょ、と私が直そうとしてはっと気がつくと、私がそういう時に思わず「あったったった」と言っているのだった。ああ全部私のまねしてるんだな、まず私から日本語の勉強をしなくちゃいけない、と思った。

万能語ジャジャンジャン

このごろは私がしゃべると、その中に出てくる言葉の中の言いやすいものを、すぐまねする。まるで九官鳥のようです。「ビチャビチャ」とか「パタパタ」なんか言いやすいらしいけど、私が「唱ちゃんには唱ちゃんの生活の順序があるのね」と言うと、外国人みたいな発音で「ジュンジョ」と言った。

男の子はだれでもそうでしょうが、自動車が好きで、車が通ると「ブーブー」と言うほかに「トレラ」「タクック」「マンマンバチュ」などとうれしそうに叫ぶ。「トレラ」はトレーラー、「タクック」はトラック、「マンマンバチュ」はワンマンバスのこと。

公園の砂場で小さな女の子たちが、ままごとの道具や着せかえ人形を一面に並べて遊んでいた。唱はそういうものには目もくれない。その横に自動車のおもちゃが落ちていて、それを唱は拾った。そしたら向こうから男の子が「ぼくの、ぼくの」と言いながら走ってきて、自動車をひったくった。唱がギャーと泣くので、私は砂場のままごと遊びを指して、「ここで遊んでもらいなさい」と言ったけれど、唱は「アンアン」と言って見向きもしないで、さっきのブーブーをほしがる。

自分は男の子だという自覚はまだないだろうと思うのだが、どうして自動車とか機械類が好きになるのだろう。どうして女の子は着せかえ人形というふうになるのだろう。だれもきめないのに。

唱は「ジャジャンジャン」と言うことがある。それは自分がわからなかったり、言いにくい言葉にぶつかった時に使う便利な言葉で、例えばいろんなおもちゃを持ってる中で、コンクリートミキサー車を指して、「これは何?」と聞くと「ジャジャンジャン」と言う。「コンクリートミキサー車」と言わせようとすると、言いにくいので「ジャジャンジャン」と言うのだ。夫が「大人でもむずかしい質問された時に、ジャジャンジャンですめば楽だなあ」と言った。

国会なんかでも大臣の答弁が「ジャジャンジャジャン」だったらすごく面白いだろう。

コマーシャルが好きだ。私たちがテレビを見ていると、唱がうるさくつきまとって、何を見てるかわからなくなるほどなのに、コマーシャルになると親をつきはなして、テレビのまん前につっ立って、じっと見る。特にピンク・レディーの出るのが大好きだ。うれしそうに私をふり返って笑う。

少しずつ性格が現われてきたみたいな気がする。私が戸を閉めた時、カチンと音がしないと、唱がカチンと音のするまでぴったり閉めるのだ。私が台所のスリッパを居間の方まではいて来てそのまま置きっぱなしにしておくと、台所に持って行って、こちら側を向けてぴちっとそろえて置いたりする。きちょうめんな性格みたいだ。

唱は自分のレコードプレイヤーを持っている。父親のプレイヤーをいじってこわしてしまいそうなので、仕方なく子ども用の安いのを買ってやった。朝から晩まで数枚の自分のレコードをとっかえひっかえかけている。音楽が好きなのも性格の一部だとは思うけど、夜ねる前にはレコードをはずして、スイッチをＳＴＯＰにして、プレイヤーのふたを閉めるのだ。だれも教えないのに、逆に私が見習いたいようなものだ。

そんなわけで、もう私の一部ではないように思えてくる。今までは、私のコブのようなもので、私の体の一部分という感じだった。それが、ちょっとへだたりができて、唱という小さいけれど一人の人が見えるようになってきた。やっと家族三人という気がして楽しくなってきた。

唱はあとひと月たらずで二歳です。

二歳、言葉と病気

唱が、はじめて「これなーに？」と言った。どこからかハエたたきを持ち出してきて、「これなーに？」ときいたのだ。昨年の十一月十二日のことである。私は「ハエたたきよ」と答えたけれど、もうびっくりしてしまった。こんな小さいのに疑問をちゃんと持っていて、それを口に出して言えたのだ。もっと前からわからないことがたくさんあって、ききたいと思っていたのにどうやってきいたらいいのか知らなかっただけなのかもしれない。

私はできるだけきちんと教えようと思った。これからはたくさん「これなーに？」を言うだろうが、面倒くさがらずにちゃんと答えてやろう。まずハエたたきだが、「ハエがぶーんてとんできたら、これでたたくのよ。ハエはいやいや」と言って、ハエたたきでたたくまねをして見せた。生き物を「殺す」という言い方はしたくなかった。

仕事場から夫が帰ってくると、唱は自分の父親をいきなりハエたたきでたたいた。「たたくもの」という部分だけを覚えたのだろうか。それからは「これなーに？」「あれだーれ？」などの質問を連発するようになって、私の仕事もうんとふえた。私としゃべることが会話らしくなってくると、言葉も早く覚えるようになって、今まで「わんわん」とか「ねんね」とか、単語だけを言っていたのが「わんわん、ねんねしてるね」というふうに文章の形ができてきた。

十二月一日は満二歳の誕生日。朝から、「今日は誕生日よ」「今日から二つよ」と言い続けたせいか、その日は一日中自分が主役というような顔をして、うれしそうだった。

誕生日から二日ほどして、海岸にある友だちの別荘によばれた。私は唱をつれて出かけることにした。夫は「唱はかぜぎみだからやめた方がいいだろう」と言ったのだけれど、私は「もうなおりかけているし、空気のきれいなところへ行ったほうがいいのよ」と言って出かけてしまった。そこには静岡にいる妹や妹の子どもたちも来て、その日は唱はとても楽しそうで元気にしていたが、その夜からセキをしはじめて、のどがぜいぜいと苦しそうになってきた。眠れないらしい。私も心配で眠れなかった。次の朝けろっとよくなった。でも心配だから別荘からひきあげ、東京に帰るより近いので静岡の妹のうちに行った。その晩、唱は発作を起こし、五分に一度ギャーッと泣く。肩で息するようになり、のどはピーピー、ぜいぜい、ヒューヒューといろんな音を出す。明け方救急病院に運んだ。そこのお医者さんには「病気の子どもをどうして旅行につれ出したんだ」と叱られ、抗生物質をくれただけで帰された。

次の日、熱が出て今度は本格的に入院した。急性気管支ゼンソクだった。脱水症状を起こしていて、点滴が必要だった。子どもの点滴は血管が細く入りにくいので、薬がほかのところにも入ってしまう。静岡の病院に夫がかけつけた時には、唱の右手はまん丸にふくれていた。でも唱は父親の顔を見てにっこり笑った。私は夫に「ごめんごめん」と言った。唱はどんどんよくなったけれど、結局八日間入院した。妹のいる静岡だから心強かったが、あまり知らない土地の、山にかこまれた病院で、唱と二人で寝起きしたつらい八日間だった。一日も早くうちに帰りたかった。

退院して元気になったら「かんぷまさつ」をするといいと先生が言った。私は、寒い風に当たりながら身体をゴシゴシこすると本当に丈夫な子になるような感じがした。さあやろうと決心してその話を母にすると、「まあ大変、そんなことしたら今度は本当に死なせちゃうわよ。かんぷまさつというのは乾いた布でまさつすることよ」としかられた。私は「寒風まさつ」だと思ったのだ。おお恥ずかしい。

カーカン、しまっちゃえ

幼児は「日一日」というより「刻一刻」成長するのでびっくりしてしまう。いつ覚えたのか、意外な言葉をぴょこっと言い出す。教えたつもりのない言葉でも、耳からしみこんでゆくのか、頭がスポンジ状になっているのか、どんどん吸い取ってしまうようだ。

ある日「ビキ、ビキ」と言ってゲラゲラ笑った。私にも夫にも何のことかさっぱりわからない。「ビキって何?」と聞いても、笑っているだけだ。次の日に「めんめんめがねの……」と言った。「めんめん眼鏡の五割引……」というコマーシャルソングがあって「五割引」のビキのところを最初に覚えたのだった。

色は黒、白、赤、青、緑、黄、オレンジ、ピンクがわかる。黄色とオレンジの区別なんか、よくわかるなあと思う。味覚は甘い、辛い、すっぱい、にがい、が区別でき、「おいしい」とも言う。子どもに「おいしいね」と言われると、食事を作る張り合いがでてくる。もう感想を言うことを知っているのだ。

感想と言えば、ある夜、仕事で私がシャンソンのライブで、ドレスを着てまつ毛をつけて歌った。その場所に夫が唱をつれて来た。その晩寝かしつけている時に、「カーカンきれいだったね」と言ったのだ。私はウトウトしていたが、びっくりしてとび起きて、「唱ちゃん、今、何て言ったの?」と聞いた。また「きれいだったね」と、ちゃんと過去形で言う。うれしくなって「何が?」と聞いたら、「ベンベ」と答えた。ベンベというのは着物のことで、その日着た白いレースのロングドレスのことだった。がっかり。

ある朝、言うことをきかないのでしかったら、夫にこっそり「カーカンこわいね。しまっちゃえ」と言ったそうだ。しまっちゃえ、というのはどういうことかよくわからないけれど、感じは出ていると思う。唱は何か欲しい物がある時に、「ほんと?」と言う。「あれほんと?」とか「ごはんほんと?」というふうに。これはずっと前に唱が意外な物を欲しがった時、私が「ほんと?」と聞いたからだ。だから唱は「ほんと」という言葉を「欲しい」という意味として覚えてしまったらしい。一度覚えたものを訂正するのはむずかしいだろうし、そうでなくても、この「ほんと?」はかわいらしいから、直さないでおこうと思っている。もっと大きくなって本人が気がついたら恥ずかしがるだろうか。

言葉の活用では時々面白いことがある。テープレコーダーのテープがリールからはずれてさらさらとほどけた時、唱は「ながれちゃった」と言った。これも感じが出ていて「さらさらとほどけた」よりも「ながれちゃった」の方がぴったりだと思う。

「眼鏡をかける」という言葉を知っているので、「カーカン、ゆびわかけてる」となってしまった。雪が降った時は、「だれかふってる」と言った。「何かふってる」のつもりなのだろう。「何」と「だれ」の使いわけは、まだわからないようだ。

私が仕事で四日ほど台湾に行った。その時は妹の家にあずかってもらったのだけれど、旅行すると決まった日、台湾に行く話を聞いていたらしく、ふだんはききわけのいい子なのに、その日は道ばたに大の字になって、起こそうとすると「おチャヤワン行っちゃイヤ」とギャーギャー泣いた。台湾のことを「おチャワン」と言っていた。交差点でもスーパーマーケットでもそんなふうで、私は本当に参ってしまった。しようがないからアイスクリームを買ってあげたら、一口なめてバーンとほうり投げた。その日はいつもと違うひねくれた子になったので、私は真剣に考えて、どうしたらいいものかと思って、育児書を何冊も見たりした。

旅行の前の日に寝かしつけていたら、「カーカン行っちゃうね」と言った。私は涙が出てきた。ひねくれた日も、きっと私がいなくなるのがわかったからだろうと思った。行っちゃいやだという抵抗だったのかも知れない。まだろくに口もきけないのに、何でも知っているのだ。虫みたいなものだと思って無視して、こっちが勝手に事を運ぶのがいけないのだ。これからは唱にも相談にのってもらおうと思った。

「こわい」「死んじゃう」

ある日、うちから見えるビルのてっぺんを男の人が歩いていた。私と唱がそれを窓から見ていた。その晩、唱は思い出したように、「さっき、おじちゃん、こわかったね、たかいとこ、たっちしてたね」と言った。高いところとこわいという結びつきを、どうして知っていたのだろうと思う。

私がアイロンをかけていた時、唱がそばに来たので、「これあついよ、イヤイヤ」と私が言った。そしたら唱は「かじになるね」と言った。私は火事という言葉を教えた記憶はないし、唱は実際に火事を見たこともないので、これも不思議。歩道のない細い道を散歩している時、車が来ると、「あぶないね」と言う。飴《あめ》を食べようとしたので、虫歯ができるから、私が「イヤイヤ」と言った。そしたら唱は「たべたらしんじゃうよ」と言った。

この四つは偶然にも同じ日の出来事だ。「こわい」「火事になる」「あぶない」「死んじゃう」をうまく使いこなしているけれど、自動車にぶつかったこともないし、死ぬなんてどんなことだか、ぜんぜんわからないはずなので、ただ発音だけで知っている言葉なのだ。それを平気で使っていることが不思議だし、気味の悪い感じさえする。

夜中に悲しそうにシクシク泣き出すことがある。夢を見たのかな、と私は思う。次の朝、「ゆうべどんな夢を見たの」ときいても、唱はわからない。夢という言葉はまだ知らない。それに夢ってこんなものよ、と教える方法がない。そんな時はちょっとさみしくなる。

永六輔さんのラジオを聞いた。夜ねかしつけていたら、唱は「永ちゃん、テレビでたね」と言う。私が「あれはラジオよ。テレビは顔と声だけど、ラジオは声だけね」と教えた。唱はすぐ「永ちゃん、ラジオでたね」と言った。それから二十分くらいたって、寝てると思ったら急に起き上がって、「レコード、顔みえないね」と大きな声で言った。唱にとっては大発見だったのだろう。

公園の壁に落書きがあった。「これなーに」と片っぱしから言うので、答えていた。字のほかにキズがあって、このキズを指して「これなーに」と言うから、「これはキズよ」と言った。そしたら「だれかギー」と言った。意味がわかったらしい。

父親が仕事場から帰ってくると、ドアまで出て行って「おかえんなちゃいー」と言う。これには夫もうれしくてたまらないらしい。それから唱は、その日の出来事をふたこと、みこと父親に報告する。「こんなことがあったの?」と夫が私に聞く。時々通訳がいるけれど、まあまあ正確に出来事を報告できるみたい。

唱が病気をして、薬を飲ませる時、薬をミルクやジュースに混ぜるのだけれど、混ぜているところを見つかると、絶対に飲まない。見つからないように混ぜる。それでもあわが出ていたり、飲み物がまだぐるぐる回っていると、もう感づいて飲まない。うっかり夫などに「薬が入ってるのよ」と言ったりすると、たちまちばれてしまう。だから唱の聞こえるところではこんなふうに言う。「薬品を攪拌《かくはん》するところをキャッチされると、飲食不可能になるので目撃されないように苦労しちゃうわよ」

唱は最近自分でいろんなことをしたがる。茶わんやはしを持ったり、洋服を脱いだり、階段を登ったりする時に、「とりで、とりで」と言う。「とりで」は「ひとりで」のことだ。結局まだ一人ではできないのだが、手助けをすると怒る。こうしてだんだん一人でできるようになるのだろう。そうなると母親はさみしくなるのだそうだ。うれしいような悲しいような。唱はいま、二歳と三か月です。

おちんちんないね

唱とおもちゃ屋さんに行った。唱はトラックのおもちゃを持って「これ」と言う。お金を払おうとしたら唱は「さあにげよう」と言った。いつも親子で泥棒をしてるみたいで、かっこわるくてしようがなかった。店員に聞かれているので、私は「逃げようじゃないでしょ、行こうって言うんでしょ」と一生懸命訂正した。でも唱は最後まで「にげよう」と言い続けた。これは私が唱と散歩する時、走らせようとして「逃げろ逃げろ」と言っていたからで、「行く」とか「走る」とか、その場所から移動することを、「逃げる」と思いこんでしまったらしい。

そういうふうに言葉をまちがえて覚えてしまうことはたくさんあるようだ。

「ちょうだい」と言うところを「あげて」と言う。それは私が唱に「あげる」と言うので、もらうことも「あげる」と覚えたのだろう。英語だったら、「ギブユー」「ギブミー」だから、その方が合理的かもしれないと思う。

父親に「かいて、かいて」と言う。絵を描いてくれとせがむのだ。父親はイラストレーターだから楽なもので、すいすい描くのだけれど、唱の注文はほとんど「センプウキ」と「トコヤ」と「テープ」なのだ。なにしろ回るものが好きだから、そればっかり。ふつうの子なら「ワンワン」とか「ブーブー」とか言うんじゃないのかと思うのだけれど。「トコヤ」というのは理髪店のぐるぐる回るあめん棒のような看板のこと。「テープ」はテープレコーダーのテープのリール。一つ描いても唱は満足しない。「もっとテープ」「もっとテープ」と言い続ける。夫はいやな顔もしないで、せっせと、ていねいに、テープのリールを描いている。もう何百描いたかしら。

最近はそのテープのリールのまん中の穴を自分で描きたがるようになった。夫はリールを描いて、穴を残しておく。それを唱が描く。丸だけはなんとか描けるようになってきたのだ。まん中にちゃんと、大きく描いたリールには大きな穴を、小さく描いたリールには小さな穴を描く。

大小の感覚ははっきりしているらしくて、「大きいワンワンは?」と私がきくと、低い大きな声で「ワンワン」と言い、「小さいワンワンは?」と聞くと、蚊がなくように小さな声で「ワンワン」と言う。面白いから「大きい飛行機は?」とか、「小さい自動車は?」とか聞くと、それぞれ大声と小声を使いわけて答える。

眠たくなると「ネンネンコロリやって」と言う。私が歌うと、「大きく」とか「小さく」とか言う。私はそれにしたがって、大声や小声で歌う。そのほかに「ゆっくり」と「はやく」を指示する。歌に「ゆっくり」と「はやく」があるのは、レコードの33回転と45回転があるのを知っているからだ。眠る直前になると、指示のピッチがめまぐるしく早くなる。

近所の公園に子どもを遊ばせに行くと、同じように子どもを連れてきているお母さんたちと友だちになって、家に行ったり来たりするようになる。ある日近所のお母さんが四つの女の子を連れて遊びに来た。私が唱をおふろに入れていると、女の子が「ワタクシもはいるわ」と言って入ってきた。唱は女の子のからだをじっと見て、「おねえちゃん、おちんちんないね」と言った。そしたら彼女は私に「唱ちゃんはおちんちん何本ついてるの？　ワタクシのおとうさまは二本」と言った。その話を近所の別のお母さんに話していたら、そのうちの幼稚園に行っている男の子がそれを聞いていて「わー、ぼくなんか一本しかはえてないよ」とさみしげに言った。

ダジャレの天才?

「レミへ　父

唱を見たくてたまらない。いきたくても、23日までの原稿があるので、かかなければならないので、いけない。ざんねんでざんねんでタマラない。たのむから（シズオカの病院から出て以来、唱は一度も松戸にきてくれないので）、たのむから、そしてどんなにでも手つだって、らくにつれてこられるようにするから、近々のうちにぜひぜひ唱をつれてきてくれ。

いっしょにたいこをたたきたい。

ああ、唱がみたい、みたい、みたい。

眼のまえに、唱のかあいい顔と、かあいいカタコトが、みえ、きこえてくる。

たのむ　つれてきてくれ　タノム」

これは私の父から私に来た手紙。それでもつれて行かなかったら、次にこんなメッセージが来た。

「唱を見ないと死ぬ。あした、必ず唱を見せにきてくれ。それでないと死ぬ。レミ先生」

これでは行かずにはいられない。少し大げさだけれど、父はこれほど孫がかわいいらしいのです。もう四人目の孫なのに。


唱は今、二歳と五か月になったところ。知ってる言葉もふえていくし、歌のレパートリーもふえていく。電話に出たがる。ある日はばーばん（おばあちゃん、つまり私の母）に電話して知ってる歌をぜんぶ歌っていた。「ぞうさん」や「かもめの水兵さん」など十曲くらい。中にはとーたん（おとうさんのこと）のオリジナルも多い。

うちは「とーたん」「かーかん」だけど、近所のうちはたいてい「パパ」「ママ」だ。だから近所の子どもが私のことを「かーかん」と呼ぶ。唱は近所のお母さんを「ママ」と呼ぶ。

子どもを生むまでは、友だちの年齢は限られていたし、年上か年下かで話も違ってくるのだけれど、同じくらいの子どもを持つお母さん同士になると、年齢は関係なくなって、近所のお母さんたちは子ども中心に集まるから、年上の人も、若いお母さんも、本当に仲よくなる。誘い合わせて、子どもを連れて一緒に近所の公園に行く。半日、くたくたになるまで歩く。子どもが緑の中でかけまわっているのを見るのは気持ちがいいし、子どもがぐっすり眠って食欲も出ると思うと、お母さんたちは文句も言わずに歩き続ける。それでもきのうはあんまり疲れたので「あしたはやめようね」と言って別れた。

二か月ほど前、唱と街を歩いていて、唱の口からはじめて「買って」という言葉が出た時は、うれしくて、その言葉に反応してやりたくて、「はいはい」とすぐお菓子を買ってしまった。今では一日一回必ず、お菓子かおもちゃを「買って」と言う。「ダメ」と言ってもその場所を動かない。すぐ買ってやれば楽なのだけれど、甘やかすことになるので、これが悩みのタネだ。言うことをきいてやらないと私の顔をひっぱたく、痛い。「今度やってごらんなさい！」

と私がおこると「ハーイ、やりまーちゅ」と言った。ぜんぜんわかっていない。近所のお母さんは「おまわりさんが来ますよ」とか「おひげのおじちゃんが来るわよ」とか、こわがらせるものを用意してある。便利だからその話を夫にしたら、夫は「恐怖統治はやめろ」と言った。でも理屈でわからせるのはむずかしい。

言葉の音の連想が面白いらしくて、「亀《かめ》」を教えたら、ずっと前に「おかめの面」を教わったことを思い出して、「カメってなーに。オカメってなーに」と言う。タケジイというおじさんがたき火をしていたら、「タケジイ、タキビだって」と言ってゲラゲラ笑った。ある朝、まだふとんに入っている時に、「唱ちゃん、ウドンできたわよ」と私が言ったら、唱はふとんをくわえて「ウドンたべない、フトンたべる」と言って笑った。夫が聞いていて、「うちの子はダジャレの天才だ」と親バカを百パーセント出した。

盛んな知識欲

テレビで動物の記録映画をやっていた時に、イノシシが出たら「あれなあに」と聞くから、「イノシシよ」と私が教えた。そうしたら「あ、あ、あーー」と発見したような声を出して「おししかあ」と唱が言った。唱は獅子舞《しし》の「おしし」を知っているのだ。私はとっさに「そう、似てるね」と言ったけれど、本当は「イノシシ」と「おしし」はぜんぜん違うのに、私はうまく説明してやれなかった。このごろは私にうまく説明できないことを聞かれることが多くて困ってしまう。

電車の中でも子どもに質問される。私が答えるのをまわりの人たちが聞いている。私はまわりの人まで意識して、ちゃんと説明しなくちゃいけないと思って緊張してしまう。唱は電車の中の扇風機を指さして「センプウキどうちてまわんないの」と聞く。「寒いからよ」「ちゃむいとどうちてまわんないの」「風が吹いてくるともっと寒いでしょ」「ふくってなーに」とえんえんと続いて、またもとの質問に戻ったりする。「デンゲンは？」と聞いたりもする。唱は自分のプレイヤーを持っているので、電源という言葉を知っているのだ。私は電車の中の扇風機の電源のことなどまるで知らない。しかたなく「うんてんちゃん（運転手さん）が電源入れるのよ」そんなこと言ってるうちに扇風機が回り出す。唱は「ちゃむいのにどうちて回るの」ときいた。

公園に連れて行ったら、草っ原を走って行って転んだ。転んでなかなか起き上がらない。そばに寄って見たら、地面にうつぶせになったまま、じっとクローバの葉っぱを見ている。そしてクローバを指さして「センプウキ」と言った。なるほど扇風機の羽根によく似ている。葉っぱをとってやったらくるくる回して「はっぱセンプウキ」と言った。前にも何度か書いたけれど、唱は回るものが大好きだ。それがこうじて、最近は自分のおちんちんをぐるぐる回して喜んでいる。

イノシシが出たテレビの動物映画で、ハイエナがカモシカの赤ちゃんを襲って、くわえて行くところがあった。そしたら唱は泣き声で「もうやらないで」と言った。やさしい性格なのかしら。

「動物園」のことを「ドーブエチェン」と言う。「どうぶつえんて言ってごらん」と言うと、「ちょう（唱）ちゃんまだちいちゃいから言えないの」と言った。そうかと思うと、いきなり「ばかにしないでよお」と言うのでびっくりしてしまった。よく考えてみたら、山口百恵の歌をまねしているのだった。私の母がおふろに入っていると「ばーばん、おふろおいちい？」ときいた。よく感じが出ていると思う。唱はいま二歳半だけれど、その割によくしゃべれると思うこともあるし、まだまだ赤ちゃんだなと思う時もある。昨年セミが鳴いていた場所を指さして「さっき、せみみーんみーんてないてたね」と言う。きのうのことも「さっき買ったジューチュちょうだい」などと言う。過去は全部「さっき」なのだ。「さっきじゃないでしょ、きのうでしょ」と私が言うと、「さっきは？」と必ず聞く。一生懸命知ろうとしているようだ。

それでも赤ちゃんのように「ダダダダ」とか「ババババ」になってしまうこともある。それはその日一緒に遊んだ子が小さい子のときで、うつってしまうらしい。ちょっと上の子と遊ぶと、言葉もはっきりするのだけれど、いつも遊んでいた子が引っ越して行ってしまった。私も夫も話し相手になるけれど、同じ年ごろの友だちがやっぱり必要なのだろう。ようやく「おしっこ」と教えるようになり、おまるを使えるようになった。やっと手がかからなくなってきたと思ったら、こんどは唱に仲間を作ってやることが大問題となってきたようです。

ヘントウ炎

子どもがいつもと違ってぐずってばかりいる時は、どこかぐあいの悪い時なのだが、うっかりそのことを忘れてしまって、泣いてばかりいるので、つい叱ってしまったりする。私に何か言う時、泣き声で言うから、「泣いて言わないで笑って言いなさい！」とどなりつけた。その前の日に公園につれて行ったら、唱は「こうえんきらい。おともだちきらい。みーんないやなの」としきりに言っていたのだった。私はどうしてこんな偏屈な子になっちゃったんだろうと思っていた。

見たところ病気らしくはなかったけれど、あんまり泣いてばかりいるので、一応念のためと思ってお医者さんにつれて行った。先生は唱ののどを見て「あーあ。これは大人だったらつらくて発狂しちゃうよ」と言った。ひどいヘントウ炎で、のどがすっかりただれていた。「これから熱が出ますよ」と先生は予告した。その通りその夕方から四十度の熱が出て、それが四日間続いた。夜も眠れない様子で寝がえりばかりうったり、泣いたりしていた。ひきつけを起こすかもしれないこと、水分をとらないと脱水症状を起こすこと、など注意されて、座薬を入れたり、ジュースをのませたりしたのだが、ジュースをなかなか飲みたがらない。唱が力のない声で「くるちいよう、かーかんなおちてよー」と言うので、私はもうたまらない気持ちになってしまう。病気が重くなるまで気がつかないで、無理に歩かせたり、叱ったりしたことを後悔した。勉強不足のお母さんで、子どもに申しわけないと思った。

やっと治ったけれども、立ってもふらふらするし、体重も軽くなった。顔も小さくなってしまった。目がくぼんで二重まぶたになった。二重まぶたのところだけ、可愛らしくなった。性質は赤ちゃんに戻ったようで、言葉も動作も後退。ミルクも哺乳びんでないと飲まなくなってしまった。それに歩かないで乳母車。

それから一週間くらいたって、唱はようやく「みずちょーだい」「ごはんちょーだい」と催促するようになった。私は喜んで「はいはいはい」とごはんをあげる。「あめちょーだい」と言っても「はいはいはい」、こういうところから甘やかしの癖がついてしまう。「どこにもいかない。おうちにいるの」と言っていたのが、「こうえんにいこう」と言った時は、本当にうれしかった。その日は暑くて、うちの中にいた方が楽だったけれど、私はいそいそと公園につれて行った。外へ行って、手も足も顔も洋服も泥だらけになる。そのことがうれしい。それから歌を歌うようになって、ようやく唱ちゃんに戻ったという感じがした。体重ももとのようになった。

子どもの病気の看病は本当に疲れる。私も一晩中寝られない日があったし、体も神経もへとへとになってしまう。私の母も、こんなふうにして私の面倒を見てくれたのだろうと思うと、あらためてご苦労さまでした、と言いたくなる。

唱はうれしいと歌うテーマソングがあって、「タリラリタリラリボンボンボーン」というのだ。自分で作詞作曲した。これを歌うのは最高にきげんがいい時だ。自分が外へ行きたい時にちょうどつれ出そうとする時、ホームで電車が来た時、おいしいものを食べる時、大きな扇風機をみつけた時。

健康になると、また少しずつ新しいことをはじめる。電話が鳴ると、私より先に走って行って受話器をとる。「だれでちゅか」と言う。知っている人だと、何かしゃべっているし、知らない人だと私に受話器を渡す。でたらめにダイヤルを回して、一一九番にかかってしかられたこともあった。

ある晩、夫が抱いて散歩に行ったら、月が雲にかくれた。唱が「おちゅきちゃま、おうちにかえってねんねだって」と言った、詩人みたいだ、と夫はうれしそうに報告した。

言葉

生まれてから二年七か月と二十二日目に、唱ははじめて「きのう」という言葉を正確に使った。「きのう買ったアメちょうだい」と言ったのだ。それまでは過去のことはたいてい「さっき」だった。

同じ日に「ゴキブリ」と正しく言った。それまでは「ゴクリブ」と言っていた。私も夫もゴクリブと言うようになって、ゴクリブの方が正しいような気持ちになってしまっていた。私たちが訂正しないのに、自分で直したのはどうしてだかよくわからない。正しく言えるようになったのは進歩だけど、間違った言い方もかわいらしいので、ちょっとさびしい気もする。

でもまだ、麦茶は「ニギチャ」だし、ポップコーンは「ポコポコン」、アスパラガスは「アチュカラバチュ」だ。ヘリコプターは「シロクブタ」が少し進歩して、今「ヒロクプタ」と言っている。

私の責任もある。「タイコはたく」とか、「あかんない」と言うのは私の影響だ。「たたく」を「はたく」と言ったり、「あかない」を「あかんない」と言ったりするのは私の癖で、自分でも気がつかなかったのを、夫に言われてはじめてわかった。子どもは母親の言葉をそっくりまねするのだから気をつけようと思うけれど、急には直らない。

それから、「ほら、アメあるでちょ、買ってきたの、かーかんが、さっき」という言い方をする。言ってることはよくわかるし、子どもらしい言い方だと思っていたが、気がついたらこれも私の言い方なのだった。夫は「英語的な構文だから、まあいいや」と言っているけれど。

ある日、「もっと広いところへ行って遊びなさい」と言ったら、唱は冷蔵庫にぴたっとくっついた。何してるのかと思ったら唱は「ちろいとこ」と言った。「ひろい」と「しろい」が一緒になってしまって、白い冷蔵庫のところに行ったらしい。

私が料理していると、まつわりついてうるさくてしょうがない時もあるし、ひとりごとを言いながら一人で遊んでいる時もある。ギターとウクレレを並べて置いて、ギターをボロロンとやって「こわい音ねー」、ウクレレをポロロンとやって「かわいい音ねー」、これを何度でもくり返していた時があった。

ようやく仲間と遊ぶこともおぼえた。最近までは公園につれて行っても、うちによその子どもたちが遊びに来ても、なかなか一緒にならないで、ただ一人別行動をしていることが多かった。最近は親から離れたところに子どもたちがいて、そっと近づくと、片ことで子ども同士しゃべっていたりする。

子どもたちだけで遊んでくれると、私も手がかからなくて助かるし、唱も楽しそうだ。友だちと一緒だと生き生きして、私に甘ったれない。それに友だちが一緒に食べると、ごはんをたくさん食べる。だけど、しばらくすると、唱がギャーッと泣く。まっ赤な顔して泣きながら、私にかじりついてくる。ケンカが始まるのだ。唱は弱くてたいてい泣かされる。友だちと別れてから唱は私に「〇〇ちゃん、どうしてぶつの？　唱ちゃんのこと」ときく。私はどう答えていいかわからない。だから「ぶつのはよくないのよ」と言うしかない。けれど、子どものうちからあんまり行儀のいいのも子どもらしくなくて気味が悪いし、少しはガキ大将の方が親は安心だ。

お母さんたちでも、自分の子どもがよその子をぶったりつねったりするのを、きびしく叱る人もいるし、何も言わない人もいる。これから幼稚園に入って私の目の届かないところではどうなるだろうと少し心配だが、今のところはのんびり見ているしかないと思っている。

夏になってからオシッコとウンチを教えるようになった。最近は自分でパンツをおろしておまるまで行く。お風呂《ふろ》に入る時は「ひとりで、ひとりで」と言って自分で服をぬごうとする。まだうまくぬげないのだけれど。「お風呂だれと入る？」ときくと、たいてい「とーたんと」と言う。夫はそう言われると抵抗できなくて「見たいテレビがあるのに」とかブツブツ言いながら、唱とお風呂に入る。入ると二人で歌なんか歌って楽しそうだ。

おちんちんをさわって、「オチッコにでる」と言ったので、「オチッコにでるじゃなくて、オチッコがでるでしょ」と教えたら、今度は「これにオチッコがでる」と言った。「これからオチッコがでる」とまた教えなければならなかった。日本語はむずかしいなと思った。外国の人が日本語をならうのはたいへんだろう。

自転車につける風車を手で回して「これ、シンゲレペンチャンて言うと止まるよ」と言う。見ると本当にシンゲレペンチャンといい終ると止まる。シンゲレペンチャンという言葉はどこから出てきたのかわからない。

ある朝、目を覚ましたら同時に「いま赤ちゃんがいたよ、じーじとばーばんがいて、水がながれてて、どんぶらどんぶら」と言った。夢を見たのだろうと思う。少し前に、近所でアニメ映画の「桃太郎」を見た。それの夢らしい。「桃太郎」の漫画は唱が見た最初の映画だ。ほかに何本もやったけど、唱はそのうちスクリーンを見ないでうしろの映写機を見つけちゃった。なにしろ回るものが大好きで、このままで大丈夫かしらと心配なくらい嵩じてきている。ほかの二百人くらいの子どもたちはみんな前を向いているのに、唱だけうしろ向いて映写機でリールが回るのを見て喜んでいる。

あいかわらず、「テープかいて」「センプウキかいて」「トコヤかいて」ばっかりだ。お客さんに「まわってるセンプウキかいて」と言って、紙と鉛筆を持ってくるのでお客さんは困ってしまう。夫はイラストレーターだから、いくらでも描くけど、ほかのものも上手に描けるのに、もったいないみたい。

唱がトコヤというのは、回る看板のことだ。私の妹が「床屋さんて何するところ?」ときいたら、唱は「ぐんぐん」と言って手をぐるぐる回す。妹が「床屋さんて髪切るところよ」と教えた。唱は私のところに来て、「どうしてとーたんトコヤちゃんかいたのに、カミきっちゃうの?」と言った。とーたんが絵を描いた紙を切るところだと思ったらしい。

そんなふうにかわいらしいことばかりが続けばいいのだけれど、一日中泣いてばかりいることがあるし、ヒステリーのようにキーッと叫ぶことがある。外へ連れて行くと「だっこ」と言い、「歩きなさい」と言うと、道に寝ころんでギャーギャー泣いたりする。好きなものをきらいと言ったり、おいしいものをまずいと言ったりすることもある。きげんが悪いと、物をほうり投げる。叱るとよけい投げる。私の顔をひっぱたくこともある。自分の頭をわざと何かにガンガンぶつけたりすることがある。反抗期かなと思う。松田道雄著『育児の百科』を読む。「子どもを家庭のなかにとじこめて、子どもに創造の場をあたえないおとなこそ、子どもの自立に反抗しているのだ」「子どもが、だだをこねるのは、子どもの自立に適切な場があたえられないためである」

このところ、あんまり暑いので、唱を外で遊ばせていなかった。これを読んだ次の日に、すぐ友だちを誘って代々木公園に連れて行った。はじめは私にしがみついていたけれど、そのうち友だちと二人で遊びはじめた。しばらくして様子を見ると、二人ともパンツの中に砂利をつめて遊んでいる。暗くなってきたから帰ろうとしても「帰らない」と言う。頭から足まで泥んこになって家に帰った。その日は泣かないで、ぐっすりとよく寝た。

母子別れて暮らしてみたが

唱はあいかわらず父親に絵をかいてかいてと言うけれど、自分もずいぶん描くようになった。紙ちょーだい、鉛筆ちょーだい、と言う。朝起きて、パジャマのまんま絵を描いている。絵のテーマは、やっぱり回るものだ。朝から晩まで、それしか描かないのだ。半年くらい前から、レコードの絵を描いていた。丸をまず描いて、中に小さい黒丸を描いて、黒丸の横に棒を引く。そして「ピンク・レディーのレコード」と説明する。黒丸の横の棒は、ピンク・レディーのシングル盤のレーベルの模様らしい。

こればかり何か月も描いていたが、一か月くらい前から「トコヤちゃん」を描くようになった。床屋さんの看板だ。縦に二本棒を引いて、その中に斜めに線をたくさん入れて、上に丸を描く。ここ数日はテープレコーダーらしきものを描きはじめた。それもはじめはテープのリールだけを描いていたが、すぐ二つ並べて描いて、その二つを線でつなぐようになり、それからつないだ線のまわりにボタンのようなものを加えて機械みたいにみえるようになってきた。自分がいくらか描けるようになると、父親に出す注文がむずかしくなって、前はただ「テープかいて」「レコードかいて」と言っていたのが、今は「レコード屋ちゃんで、唱ちゃんがコレって言って、レコード屋ちゃんのおばちゃんがハイって言ってるのかいて」などと注文する。夫は描きながら、「よそのトータンはこんなむずかしいの描けないんだよ」などと言っている。

唱はぬいぐるみをいくつか持っていて、ポンちゃん（タヌキ）、パンダちゃん、クマちゃんと仲がいい。唱がぬいぐるみに話しかけるので、私たちは三オクターブくらい高い声で返事をする。ごはん食べたり歯をみがいたりするときは便利で「ポンちゃんが待ってるよ」と言うと洗面所に歯をみがきに行くし「パンダちゃんとごはんよ」と言うと、唱は自分のイスに乗る。パンダちゃんの口にスプーンでごはんを持って行って「次は唱ちゃん」と言うと喜んでたくさん食べる。「パンダちゃんおいしい？」と聞くから、私が三オクターブ高い声で、「オイシイヨ」と答える。一時間くらいそれをやってるから、よその人が見たら何だと思うかしら。そんなふうだから、唱はポンちゃんやパンダちゃんが本当にしゃべると信じているのだと思っていた。ところがある日「ポンちゃんと遊びましょ」と私が言ったら、唱は「カーカンへただよ。トータンがいちばんじょうずなの」と言った。今までポンちゃんやウサちゃんになりきってたのにバカみちゃった。

子どもはかわいいけれど、朝から晩まで一年中子どもに合わせていると、これでいいのかしらという思いが、ふと頭をかすめることがある。子育てしか知らないで年をとっちゃうような気がしたり、もう少し社会と交わりを持ちたいと思ったりする。私のことを「シャンソン歌手」という肩書きで紹介してくれる人も多いのに、最近はまるで歌ってないので気がひけてしようがない。夫は家政婦やベビーシッターを頼めと言うのだけれど、いざそうしようとすると、人にあずけるのも気が重くて、自分でやる方が気が楽だと思ってしまう。ちょうどそんな時に、静岡にいる妹が、「たまには五日間くらいあずかってあげる」と言って連れて行ってくれた。妹と手をつないで、私にバイバイして、はしゃぎながら行った。私は身も心も軽くなって、さあこれから何かしようと思った。次の朝電話で妹に話を聞いた。昼間は三人のいとこと遊び回っていたけど、夜眠っていると思ったら涙をいっぱいためていたこと。たった一回「カーカンは？」と遠慮するみたいに言ったこと。それからこらえ切れずに泣き出したこと。私もこらえ切れずにすぐ静岡に迎えに行った。

子ども世界は戦争だ

子どもの記憶力のいいのにびっくりさせられることがある。私の実家に唱をつれて行った時、母が父に「今日、本田さんが来ますよ」と言った。唱はそれを聞いて、「ホンダちゃん、サクランボくれたでちょ」と言った。母はサクランボのことを覚えていなかった。会って本人にきいたら、前に来た時に持ってきましたとのこと。それは一年以上前のことで、唱がまだ一つと数か月のころの話だ。

それから、最近母が唱にアンズを食べさせた。唱はしばらく考えて（私はアンズをやったことがない）「あ、あー、これ唱ちゃん赤ちゃんときたべたでちよ。うばぐるまで」と言った。本当に母は唱を乳母車に乗せている時にアンズを食べさせたことがあるそうだ。これも一年以上前の話。

それから、道を歩いていたら急に「だっこ」と言う。「どうして?」ときいたら、「ブーブーこわれてて、こわいの」と言う。ずっと前に、そこに事故でクチャクチャにこわれた自動車があったのだ。というようなことはいっぱいある。私たちは一歳そこそこのことは何も覚えていないけれど、三つくらいの子どもはまだ覚えているのだろうか。

唱を原っぱにつれて行ったら、息を吸いこんで、「えだまめのにおい」と言った。

唱はだんだん男の子っぽくなってきた。ふとんの上に倒してやると、喜んで「もっとバーンてやって」「ガーンてやって」と荒っぽくしてくれと言う。高いところからとびおりることも好きになった。おもちゃのバイク（三輪車くらいの大きさでプラスチックでできており、足でけると走る）に乗って、ブルンブルンと声を出しながら乱暴にぶつかって来たり、寝ころんでいる夫のおなかの上にバイクごと乗り上げたりする。言葉づかいも男の子っぽく「何なんだよお」と言ったりするようになった。

友だちとのおつきあいは親にとってはむずかしいものだ。すごく仲よく遊んでいたと思うと、急にケンカになる。以前は泣かされてばかりいたけれど、このごろは唱も意地が出てきて、自分から手を出すようになった。まずおもちゃの取り合いだ。自分のおもちゃを友だちが手にとるのが気にくわない。「だめ！　唱ちゃんのなんだから！」と取り上げてしまう。そこで相手が返さないと、つかみ合いのケンカになる。せっかく遊びに来てくれてるのに、子どもは何もわかっちゃいない。私が「貸してあげなさい」とどなる。相手のお母さんは「返しなさい」とどなる。四人がいりみだれて、ギャーギャーピーピーガーガーの大騒ぎになる。

子どもの世界は戦争だ。どうして平和に楽しくできないんだろうと思う。唱は相手が自分と同意見でないとだめだ。親は唱が何を言っても「そう」「そうだね」と言ってやるけれど、同じ年ごろの子どもが相手だとそうはいかない。自分に興味があることを相手に「おもちろいでちょ」ときく。友だちは「そんなのおもしろくない」と言う。それでもうケンカだ。いきなり顔をつかんだりするから親は気が気じゃない。こっちから手を出した時は相手のお母さんに悪いし、やられた時は自分の子がかわいそうと思うけれど、そんなことでお母さん同士気まずくなっては大変だ。

母親は理解し合って、おっとりとしていないと子どもの友だちがいなくなってしまう。子どもは今日ケンカしても次の日はまた一緒に遊んでいる。唱は小さい子や女の子には絶対手を出さない。おとなしく遊んでいるから私は楽だ。でも同じ年ごろの子と遊ぶのが、やっぱり唱のためにはいいだろうと思う。そばにいるとへとへとになるけど。

ブランコが大好き

唱はいま、ブランコが大好きだ。この間まで「かーかんといっちょ」と言って、私のひざの上でないと、怖がってブランコに乗らなかったのに、一週間くらい前から一人で乗るようになった。まだ一人ではこげないので、私がゆすってやるのだが、唱は「もっと、もっと」と言って、大ゆれでないと満足しない。「もっとはやくだよー」と私に命令する。朝から公園に行きたがる。掃除洗濯をほうりっぱなしで連れて行かないと、私にまつわりついたり、ぐずったり、泣いたりする。欲求がたまってしまうらしい。

朝早くから、北風の吹く公園で、二時間も唱のブランコにつき合っていることもある。唱はブランコと電車ごっこを一緒にやる。「発ちゃちまーちゅ」の声と同時に、私が「ダダンダダン」と電車の音を入れながらこぐ。しばらくすると唱が「北まちゅどー」とか、「かめありー」とか言う。そこで私がブランコを止めないと、「かーかん、止まるんだよー」と催促される。「新おちゃのみじゅー」「あかちゃかー」「表ちゃんどー」、いちいち止めなければならない。「表参道」まで来るとまた「北松戸」まで引き返す。これは家から私の実家までの路線だ。何往復もさせられる。自分で目をつぶって、「かーかん、暗いよ、トンネルだよ」と言ったり、水たまりを見て、「川があった、舟いるかなー、魚いるかなー」と言ったりする。

ブランコがギーギー鳴ると、「どうちて音ちゅるの」ときく。私は自分の両手をこすり合わせて、「こすれると音するでしょ。でも手に油つけると音しなくなるのよ。ここにも油をつけるとギーギーいわないよ」と教えた。そのすぐあと、唱は別のブランコに乗って音がしなかったので、「かーかん、このブランコ、油ついてるよ」と言った。

父親とおふろに入った時、「とーたん入ると、どうちておふろ大きくなっちゃうの」と言った。唱が一人で入るのと、大人が入るのとでは、お湯の高さが違うことに気がついたらしい。「アルキメデスみたいなこと言うね」と夫は湯気の中で喜んでいる。

父親のカセットテープレコーダーを扱いなれてしまった。電源を入れるところから始まって、再生、早送り、巻き戻し、（録音はまだできない）それにテープを裏返すこと。カセットやレコードの裏表にA面、B面と書いてあるので、AとBの文字は読める。町を歩いていて、看板などにどちらかの字をみつけると、「Aあった」「Bあった」と大声で言う。

そんなふうに一人前みたいなところもあるけれど、まだまだ赤ちゃんの部分が残っていて、自分の顔を両手でかくして、「唱ちゃんいないよー」と言ったりする。どうも本気らしい。本当に自分が見えなくなっちゃうと思うのかしら。

それから内緒話をする時に、私の耳に自分の耳をくっつけて、小声で何か言う。だからぜんぜん聞こえない。やり方がまだわからないのだ。「耳に口をもってくるのよ」といくら教えても、いまだに耳をくっつけている。

寝る前に「桃太郎ちゃんのオナワチ（お話）ちて」と言う。私は電気を消して「桃太郎」のお話をする。終わると唱は「こんどはデンデンムチムチ」と言う。私が「でんでん虫」の歌を歌う。それから「おやすみ」と言って、反対側を向いて、目をあいたままグーグーといびきをかくまねをする。すると唱は眠る。これがここ一か月くらいの毎晩の行事です。

今夜、「桃太郎」をやっている時に夫が聞いていて、「今、何て言った？」と言うから、私は「一つください、きみだんご」とはっきり言った。「きびだんごだろ」と夫が言った。私は子どものころからずーっと「黄身だんご」だと思っていたのだ。だから唱にも「黄色いおだんご持ってったのよ」とお話ししていたのに。唱は二人の会話を聞いて、「きみだんごだよ、とーたん」と言った。私はやっぱり桃太郎さんに今まで通り黄身だんごを持って行かせたい。

普通になっていくのはつまらない

十二月一日、唱は三歳になった。「おたんじょう日だから、何か買ってあげる」と言って、大きなおもちゃ屋さんにつれて行って、お店をひとまわりして、全部手にとって見せたのに、何も欲しがらない。親ばっかりはしゃいでいて、子どもは別に実感もないらしい。結局、唱が「かーかん、これだよ」と言ったのは、ペロペロキャンデー一本だった。

実感がなくても、夜、ロウソクをつけてやると、吹き消して、それを何度でもやりたがり、教えた通り指を三本出して、うれしそうだった。

まだ一人っ子なので、友だちを作ってやった方がいいと思って、三年保育の幼稚園に入れることを考えた。幼稚園に唱をつれて申込書をもらいに行った時、先生に「このお子さんですか、ちょっとかわいそうみたいですね」と言われた。唱は大きさは標準だけど十二月生まれなので、同じ学年では小さい方になるし、それに顔がまだいかにも赤ん坊っぽいので、先生はそう感じたのだろう。それでも申込用紙はもらってきた。夜、それに書き込もうとしたら、書き込む欄があんまりいっぱいあって、面くらって、面倒くさくなったので、やめにした。「二年保育にしたわよ」と私が言ったら、夫は「書類が面倒くさいんだろう」と言った。当たってたのでびっくりしてしまった。夫はそれでもきげんがよかった。「幼稚園なんか入れなくていい」と言っているのだ。これから十何年も、もしかしたら二十年以上も学校に行き続けなくてはならないのは、私もかわいそうだと思う。でも、まわりのお母さんたちの話を聞くと、幼稚園に行くための塾に通っている子どももいるのだ。そういうお母さんは、私に「あなた、最初が肝心よ」と言うので、私はついつい巻き込まれそうになる。

唱は自分で友だちを見つけた。ヒデちゃんという年上の子だ。公園で会うのだけれど、名字も、どこに住んでいるのかもわからない。唱は「ヒデちゃん、ヒデちゃん」となついているし、ヒデちゃんも公園で、「唱ちゃん、待ってたよ」と飛びついてくる。ヒデちゃんという友だちができてから、唱は子ども同士で遊ぶことが前より好きになったみたいだ。同い年の子ども同士だと、すぐケンカになるけど、年上のヒデちゃんは優しい子で、唱が少し乱暴したり意地悪しても、相手が小さい子だと思って我慢してくれるらしい。だから唱はヒデちゃんが大好きなのだ。

ある日の夕方、唱が「かーかん、明るい暗くなったよ」と言った。私は「うす暗くなったよ、って言うのよ」と訂正した。すぐ憶えた。またある日の夕方、「かーかん、オレンジ色の雲だよ」と言うから、「あれが夕やけよ」と教えた。次の日唱は、「かーかん、夕やけができたよ」と言った。

唱が一人で黙って部屋のすみに立っているので、「どうしたの?」と聞いたら、「音、見てんの」と言う。「音は聞くのよ」と教えたけど、「音を見る」のもかわいらしくてすてきなので、あんまり直したくないとも思う。普通になっていくのはつまらない。

夫がワインを飲んでいると、唱がにおいをかいで、「くるちいにおい」と言った。私はお酒を飲まないので、これはぴったりの表現だと思った。私もうまい言い表し方をしたかったのにできないでいた。唱がみつけてくれたのだ。その日夫が飲んでいたのは〝ロゼ〟だった。次の日、夫が赤ワインを飲んでいたら、唱がまたにおいをかいで、今度は「ぶどうのくるちいにおい」と言った。

かーかん、青山へかえろー

去年の暮れに、わが家は引っ越しをしました。親たちにとっても引っ越しは大きな出来ごとだけれど、唱にとっても大事件だったらしい。荷造りの日と引っ越しの日の二日間、唱は私の実家にあずかってもらっていた。三歳の唱がまつわりついていたら、片づけものもできないからだ。私の母が唱に「今度は唱ちゃんのおうちは青山じゃないのよ」と言ったら、唱は「ちょーちゃんのおうちはアオヤマなの!」と何度でも言ったそうだ。

引っ越しの翌日、唱を新しいうちにつれてきた。まず、やたら跳びまわった。興奮したのだろうか。それから泣きだした。私たちが片づけものや掃除でてんてこまいをしていて、唱をかまってやれなかったのがきっかけかも知れない。

「青山へかえろー」を連発した。夜中になるとむくっと起き上がって、「ここどこ！　ここどこ！」と言う。次の日も「青山行こうよー」とぐずった。環境が変わったし、せっかくできたお友だちもいなくなったので、ぐずったりするのも無理もないことだと思う。

荷物を開けていると「これ唱ちゃんちのとおんなじだ」とか「これも青山にあるね」とか言ってうれしそうな顔をする。でてくるものでてくるもの、みんな知っているものだから喜んだ。それでもまだ「青山かえろう」と言う。「青山のおうちにはもう何もないのよ」と教えると「あるよー、唱ちゃんのおもちゃあるよー」と言う。そこではっと気がついて、ダンボールの山の中から、唱のおもちゃのつまった箱をみつけて開いてやった。それでどうやらおうちが移転したことを納得したらしい。早くそれに気がついてやればよかったのに、私はつい台所のものとか、さしあたり生活に必要なものから順に整理していたのだった。

それでもまだ、唱の泣きぐせは治っていない。引っ越して十日になるのに、何だかぐずぐず泣いてばかりいる。たまにきげんがよくなって、鼻歌なんか歌っていたと思ったら「さあかえろう、かーかん」と言った。ここは十分わかったから帰ろう、という感じで言う。引っ越したことをやっと理解したと思っていたのに。早く友だちを見つけてやらないといけないと思う。

引っ越し騒ぎの最中にカゼをひかせてしまった。泣いたりぐずったりするのは、そのせいもあった。唱はカゼをひくとすぐのどをやられる。のどがぜーぜーとなり、夜中に苦しそうなせきをする。気管支炎になりやすい。でも今回はあまりひどくならなかったので、ほっとした。暖房で部屋が乾くのがよくないらしい。加湿器を使って水蒸気を出してやると、のどのためにいいみたいです。

暮れ、正月は夫が仕事を休むので、唱は父親とつき合う時間が長い。いつまでも会話をしている。私はあまりぐずられるとカーッとしてどなるけど、夫は気長に、何で泣くのか質問している。ぐずった時も、夫は気長に、何で泣くのか質問しているのか、唱は泣いた理由を答えたりする。

父親と地下鉄に乗った時、駅の長い階段をのぼっていたら、「階段が重たくなったよ、とーたん、だっこ」と言ったそうだ。

唱が父親と寝た時に、私が横で聞いていると、面白いことをやっている。父親が「むか」と言うと、唱が「ち」と言う。父親が「むか」、唱が「ち」、父親が「ある」、唱が「とこ」、父親「ろ」、唱「に」というふうに、「おじい」「ちゃん」「と」「おば」「あ」「ちゃん」「が」「い」「ま」「ち」「た」とやっている。面白い遊び方を発明したものだ。唱は桃太郎の話を知っているから、この調子で鬼が島へ行くあたりまでやって、そのうち眠ってしまう。こういう時の唱は生き生きうれしそうだ。

得意は永六輔ふう大笑い

唱は新しい家にようやくなれたみたい。十日以上かかった。もといた青山には唱のお友だちも私のお友だちもいるので、たまに出かける。帰ってきて、唱は父親に「アオヤマあったよ、げんきだったよ」と言った。なくなっちゃったと思っていたのかしら。

今度のうちは二階がある。唱にとっては家の中に階段があるのは初めてだ(実は夫にとっても初めて)。唱ははじめは用心深く私か夫と手をつないで階段を登り降りしていた。一段ずつ「今度ここ、今度ここ、今度ここ」と言いながら登り降りする。すぐ、登りは一人で行きたがるようになった。下りの方は多少怖いらしく、なかなか一人では降りられなかったが、最近は慣れてきて、

「かーかん、見てて」と声かけてから「今度ここ、今度ここ」と降りている。

　ある日、二階に上がりながら「オニカイだからオニいるよ」と言った。だじゃれの好きな夫は、また喜んだ。

　言葉の音《おん》が面白いらしい。「つるつる坊主」「けちんぼ」「しゃぶしゃぶ」「泥んこになっちゃう」という言葉を聞くとゲラゲラ笑う。今はこの四つがベスト4で、これをかわりばんこに言えば、唱は三十分くらい笑い続けている。

　悪い言葉もおぼえた。「コノヤロー」「コンチクショー」。「だれに教わったの?」ときいたら「じーじ」だという。じーじ（私の父）の巻き舌とドスのきいた声をまねするものだから同い年の男の子はそれを聞いて、びっくりして、お母さんにしがみついて泣き出してしまった。男の子ならいずれ言うようになる言葉でしょうが、三つになったばかりではまだ早いらしくて、お友だちを怖がらせてしまう。ただし言葉の意味は何もわかっていないと思う。

　私たちにアメリカ人のお友だちがいて、その人が遊びにきて唱に話しかける。日本語のできる人だけれど、わざと唱に英語で話しかけると、唱は何もわかってないのに何だか英語ふうにでたらめの言葉を並べる。ちょうどタモリの英語みたい。二人がいつまでもそれをやっているので、まわりのお友だちが大笑いする。でもこんなふうに小さな時から本当の英語に接して、英語になじんで、話せるようになってくれたらいいな、とも思う。

大笑いと言えば、「永ちゃんどんなふうに笑うの」と言うと、唱は「アハハハハ」と永六輔さんふうに笑ってみせる。これはお客さんには大受けする唱の得意な余興。もちろんこんなことは教えたりしていない。半年ほど前のある日、自分で「永ちゃんこうやって笑うでちょ」と言ったのだった。この間初めて永さんご本人の前で披露した。永さんにも受けた。

テレビを見ていたら「こんな色、ねんねちてたら出てきたでちょ」と急に言った。何のことかよくわからなかったが、どうやら夢のことを言っているらしい。またある日はテレビの映画を夫がみていたら、唱がそばに行って「あれわるい人?」ときいている。「わるい人じゃないよ」と答えると「だって棒持ってるじゃん」と言った。テレビの中の人は弓矢を持っていた。

意外なほど成長しているような部分もあるけれど、牛乳を飲む時は赤ん坊のころとちっとも変わってなくて、ベッドに寝て、ストローで飲む。外で遊んでいても「牛乳ちょーだい」と言うとすぐ二階に上がって、ベッドに寝ころんで待っているのだ。その上、牛乳の時は必ず柔らかいガーゼのふとんカバーを持って、指の先でいじっている。この時だけはこうしていないと不安なのか、ただの癖なのか、これがないと泣く。直そうと思っても今のところちょっと無理みたいです。

わがままの盛り

私はいま体の調子が悪くて、寝たり起きたりしています。だから春だというのに、子どもを公園につれて行ってやれなくて、そのせいで子どもは発散できないためか、とても意地悪をすることがある。人によっては、子どもはもともとエゴイストなものだから、意地悪するのが当たり前よ、と言うけれど、特に私の調子の悪いとき、子どもが運動しないときにそうなるので、いつもエゴイストとは限らない。

私の両親、特に父は、孫をものすごくかわいがる。唱が多少悪いことをしてもかわいい、かわいいと言う。唱はつけあがって、おじいちゃんにツバをひっかけたりする。それでも「ああかわいい」と言って、ひっかけられたツバをなめちゃう。ある日、唱のつけあがり方が最高になって、遠くからわざわざ孫に会いに来た父に「じーじ帰れ」と言い、父がイスにすわろうとすると「ここは唱ちゃんところ!」。仕方なく別のイスにすわると「そこは、かーかんところ!」と言って、イスにもすわらせない。トイレに行こうとすると「入っちゃだめ!」と言ったり、一日中そういう調子だったので、とうとう父は怒ってしまった。怒るというより、恋人にふられたみたいにしょんぼりしてしまった。そして「無邪気な子どもがあんなにオレのことをきらうはずがない。オレに悪魔がいるのか、それともあの子に悪魔がついたのか」と言って、本当に悩んでしまった。

こんなひどいのは一日だけで、運動して、発散した日はこういうことはない。でも私たちが言うことと反対のことをするのはしょっちゅうで「食べなさい」と言うと、食べないで「じゃ食べちゃだめ」と言うと、食べるのはよくあること。

調子が悪いと書いたのは、実は次の子がおなかにいて、流産兆候があり安静にしていなくてはいけなかったのと、つわりがひどいことです。私がげーげー吐いていると、唱は夫に「かーかんうるちゃいね、きたないね」と言ったそうだ。

私の友だちや親戚が子どもを連れて遊びに来てくれる。唱は同い年くらいの男の子とはすぐケンカする。意地悪したりされたりで、ギャーギャー泣く。女の子か、年上の子だと仲よくうまく遊んでいる。年上の子は、自分ががまんすることを知っているからうまくいくらしく、唱は何時間でもゲラゲラ笑って、はしゃいでいる。

久しぶりに公園に連れて行ったら、同い年くらいの子が何人も遊んでいたが、唱はなかなかなじまない。やっと一緒にさせても、いつも仲間と遊んでいる子どもたちの方が荒っぽいから、唱はいじめられて泣いてしまった。かわいそうだけど、こういう中にほうり込んで、慣れさせないといけないと思ったり。でも、少し大きい子とはあんなに楽しそうに遊ぶのだから、そういう時間をたくさん作ってやった方が、唱には幸せなのかなあと思ったりする。

夫は、世の中自分の思い通りには行かないものだとわからせるためには、子どもの中にぶっ込んだ方がいいと言う。大人は子どもの言うことをきいてやるし、大きい子だと自分ががまんしてくれる。今の唱は、自分の思い通りに物ごとをやっている。そういう調子で育っちゃうと、唱のためによくない。今、唱は三歳と四か月になろうとしていて、物ごとがわかりかけてきているので、世の中のことを少しずつわからせてやった方がいい。子どもがいつもきげんがいいのは、親はうれしいけれど、本当に子どものためにいいとは言えないかも知れないんだと言った。

幼稚園ショック?

唱は六時から八時の間に目を覚ます。そして「かーかん、あちゃ（朝）だよー、おっきしてよー」と言う。うちは夫婦ともねぼすけなので、この時間に起こされるのはつらい。でも起きるまで「あちゃだよー、あちゃだよー」と言い続けている。カーテンのすきまから光がさし込んでいるのを見て、「ほら、見てごらん、あちゃがうつってるよ」と言ったこともある。起きて戸を開けると、明るい外を見て得意そうに、「ほら、ほんとにあちゃだったでちょ」と言う。ある日は、「お月ちゃまと夜があちゃにしてって言ったら、パッとあちゃになったんだよ」と言った。私たちは仕方なしに起きるのですが、かわいいことを言うので、文句も言えません。

私の実家には、いろんなお面が飾ってあって、唱はそのお面の顔をまねることをよくやる。実家であずかってもらっている間に、唱はカゼをひいて四十度も熱を出したことがあった。私の母は心配して頭を冷やしてやったりしながらひと晩中、起きていたが、ふと唱を見ると、暗やみで、目玉を上にやって歯をむき出してすごい顔をしている。母は心臓がとび出すほど驚いて、「唱ちゃん」と叫んで、父を呼びに行き、戻ってきたら、唱はまだすごい顔をしながら、「お面、お面」と言っていたそうだ。四十度の熱の中で、まだお面のまねをしてふざけていたのだ。

母が唱に、「唱ちゃん、かーかんのおなかにはねえ……」と言いかけたら、唱は「九月なんだよー。弟がいるんだよー」と言ったそうだ。私は唱にはそんなに詳しい話をしたこともなかったのに、いつのまにか大人同士の話を聞いているのだろう。

私は自分の両親にのびのび育ててもらって感謝しているけれど、ただひとつ、妹ができた時から、「レミはお姉さんなんだから……」と、いつも何かを我慢させられていた。それがいやでたまらなかった。そういう思い出があるので、唱には「お兄さんだから……」とは言わないようにしよう、と決めている。だから今のうちから、弟とか妹とか言わないで、お友だちがいるのよ、と言っているのだけれど。

お隣が引っ越してきた。二歳、四歳、六歳の三人の男の子がいる。庭つづきなので三人が遊びに来てくれる。唱はなかなかなじまなかった。夫には友人が多く、遊びに来る大人はたくさんいて、その中では唱はいつも機嫌よくしている。大人は唱をかわいがってくれるからだ。でも子どもの中ではそうはいかない。だから、自分のうちなのに、子どもが遊びに来ると、私の手をにぎってじっとしている。これでは変な子どもになっちゃう、と私はあせった。あせって、悩んで、やっぱり幼稚園へ入れようと思った。途中入園させてくれるところが近所にあったので、通わせることにした。

第一日目、とにかく幼稚園につれて行った。置いて帰ってくるのが普通だけれど、唱は私の手をにぎって離さない。とうとう一時間半一緒にいた。二日目から、徐々に離れて行こうとして、唱の席から少しずつ遠ざかり、教室の外に出て、戸を少しあけておいた。三日目は入り口を閉めた。とたんにわーっと泣き出した。四日目からは制服を着るのもいやがるようになった。「いやだよー、いやだよー」と言うのを、なだめすかして連れて行った。五日目にカゼをひいて休み、六日目は絶対に制服を着ようとしないし、「いやだよー、いやだよー」と泣きわめくので、私も根負けしてしまった。四日目あたりに、唱はいきなり、何か言いかけて言葉がつまって、「出ないよー、出ないよー」と言う。私はどうも幼稚園ショックが原因ではないかと思っている。今、母親として考え込んでいるところです。

通園拒否つづく

唱はまだ幼稚園拒否をしている。子育ての経験のある私の友だちは、すぐ慣れるわよ、とか、がんばらなきゃだめよ、とか言うけれど、唱が泣きわめくのに無理やり幼稚園にひっぱって行くことはどうしてもできない。私の文を読んだ読者の方からもお手紙をいただいて、同じような子どもがいることもわかった。幼稚園の先生をしていた方のお手紙によると、入園当初はクラスの三分の一は泣きべそ組だとのこと。特に一人っ子は泣く率が高いそうだ。

すでに払い込んだ入園費その他の経費は安くないので、そのことについては「もったいない」と夫はブツブツ言うけれど、それでも夫は「いやがるのに無理に行かせることもない」と言い、「おれは幼稚園なんか行かなかった」とも言うので、なんとなく唱の意思を尊重するかたちになってしまった。心配していた言葉の問題も直った。やっぱり幼稚園ショックだったらしい。

でもこのままでは唱のためによくないので、何とかご近所の子どもと一緒に遊ばせるように努力はしているつもり。お隣の三人兄弟とも仲よくなったから ひと安心だが、兄弟は兄弟で結束しているので、せっかく三人で遊びに来ても、一人が帰るとあとの二人も帰ってしまい、そういう時の唱はすごく寂しそうで、「アメあげるから帰らないでよー」などと言う。まるで哀願なので、私はそばにいてかわいそうになってしまう。

近所にいる幼稚園の同級生のうちにも連れて行ってやって、遊ばせるようにしむけている。だんだんよその子とも遊ぶようになりつつある。私がいると、私のスカートのすそをつかんで離さなかったのが、だんだん私から離れても平気になってきた。もう少し慣れれば幼稚園に行くようになると思うのだが、唱はまだ幼稚園の話をするだけでいやがるので困ってしまう。

赤ん坊のころからの友だちで同い年の子と、親戚の子二人と一緒に、代々木公園に行って、裸で駆けまわったり、虫をとったり、ボール投げしたりして半日遊んだ日、うちに帰ってからふだんとまるで様子が違って、いつもは私にまつわりついているのに、その日は私が二階に行っていても、下で一人でテレビを見たり絵を描いたりして一時間も遊んでいた。鼻歌を歌ったりして、とにかく元気なのだ。夫が帰ってきたらますます元気になってゲラゲラ笑い、洋服をみんな脱いで、パンツまで脱いで、夫にとびついて行く。

一日元気に遊ぶと、はつらつとして、元気があまって、楽しくてしようがない、という様子だ。こういうのが毎日続けば、幼稚園なんかいらないとも思う。そのかわり、一日中めそめそしている日もある。どこにも連れて行かない日はそうだ。そういう日は母親までゆううつになってしまう。

胸や横腹に小さなブツブツができて、唱はかゆがる。お医者さんにきいたら、これは伝染性軟属腫というもので、ほっとけばなおるということだった。私は小さい時から変な癖があって、ニキビみたいなものをつぶすのが大好きで、大きくなってからもいいニキビがついている友だちに会うと、なかなかとらせてくれないので、一つ百円でとらせてもらっていた。

唱にニキビみたいなものができたので、この時とばかり、うつ伏せにさせて一つつぶしてみた。ころっと中から白い芯《しん》みたいなものが出てきた。百円払わなくていいからよかったと思ってたら、唱は「かーかん、もうだめ。とらなくてもいいんだよー。とったらあとになるんだよー」と言った。先生が言ったのを聞いていたのだった。まだいっぱいついていたのに、残念。

増えた絵のレパートリー

唱はこのごろ、いろんなことを自分でやりたがるようになった。服を着たり脱いだり、上着はボタンがあるのでまだだめだが、パンツは一人ではける。歯を一人でみがく。服をびちゃびちゃにしながら顔を洗う。シャボンをつけて手も洗う。オシッコはもう大丈夫。ウンチはできるけど、おしりをふくのはまだできない。ふかないのにトイレットペーパーだけをカラカラと引き出して何メートルも便器に捨て、水を流す。

夜中のオシッコを何とかしようと、今私はがんばっているところ。この間まで寝ている間はおむつをしていたけれど、これも取ることにした。おねしょマットというものがあることを聞いて、さっそく買ってきた。その上にタオルを敷いて寝かせる。近所の人はそれをやったら四日で成功したという。おねしょするとビチャビチャが気持ち悪くて目をさまし、オシッコを教えるようになったそうだ。うちは十日ほどになるけど、まだビチャビチャのまま平気で寝ている。親の方も、夜中にマメにオシッコに連れて行かなければいけないのに、ついつい眠いので寝すごしてしまうのだ。この調子だと、本当の寝小便小僧になってしまうと思って心配している。

唱は絵を描くのが大好きだ。このごろは父親に「描いて」といわないで、自分でどんどん描く。相変わらず扇風機と床屋さんのグルグル看板とテープのリールがほとんどだが、レパートリーが少しふえて、くまちゃん、ウサギ、わんわんなどを描くし、電車に人がおおぜい乗っているのや、パーマ屋さんに〝かーかん〟がいるところも描いた。よく描くテーマに「ポルチェのおじちゃん」というのがある。

これは夫の友だちでポルシェに乗ってくる人がいて、めったに来ない人なのに、機械に詳しくてテープレコーダーを直してくれたことがあるので、唱は尊敬したのだろう。それに自動車も印象深かったのだと思う。唱の描く人物は、まだ顔からいきなり足になっていたり、手がなかったり。大人はついお手本を見せてあげようとするが、夫はよせよせという。子どもが自然に描きたいまま描くのがいいのだという。ほっといてもだんだん普通の絵になって、だんだんつまらなくなってしまうそうだ。イラストレーターがいうのだから本当だろう。夫は親ばかを発揮して、自分が昔もらったデザインの賞状をはずして、その額ぶちに唱の絵を入れてしまった。

夫が庭でホースで水まきをしたら、虹《にじ》が出た。唱に見せたがよくわからない様子。「どこ、どこ」と一生懸命さがしていた。次の日、夫と散歩しながら「とーたん、きのう虹見えたね」というから、「唱も見た?」ときくと、「唱ちゃん、芝生しか見えなかったよ。唱ちゃん、目が小さいから見えなかったのかな」といったそうだ。

私の今の悩みは、唱がよく泣くこと。夕方になると、二、三時間泣きっ放しのことがある。ここ一週間特にひどい。今、私はおなかがみごとに出っぱっていて、重い物を持ったり階段や坂を登るのがつらい。すぐおなかが張ってきて、張りすぎるのはよくないことで、病院でもなるたけ静かにしていなさいといわれた。それで、唱を公園に連れて行ったり、プールに連れて行ったりすることができないのだ。一日家にいる。だから、唱は欲求不満で泣くのだろう。私に一日つきっきりで、トイレにまでついてくるし、唱の友だちが来ても私にばかりつきまとっている。友だちを作ってやらなければと私はあせっているのに、また友だちから遠ざかっていく感じだ。もしかしたら、次の子どものことで、何か感じてるのかも知れない。子どもの直感で、母親が自分一人のものでなくなりつつあることがわかるのかしら。

さしすせそ

ある日、唱は十二時間くらい寝て、お昼近くに起き、「おなかいたい」と言った。それからすぐ吐いた。ご飯をあげても食べないで、あくびばかりする。青い顔をしている。だるそうだ。布団を敷いたら、ぐったりと寝てまたあくびをする。「おなかは?」と聞くと「いたい」と答える。

私は心配になった。育児書を見ても、あくびの項目はなくてよくわからない。でもたくさん寝たのにあくびするのはおかしいし、ぐったりしている様子は、ただごとじゃない。『家庭の医学』という本を見たら、疫痢の項目がちょうどこの症状と同じ、腹痛を訴え、吐き、青い顔になり、ぐったりし、あくびする、と書いてあるので私も青くなった。

お医者さんに電話したけれどちょうど十二時過ぎたところで、休み時間。近所のお医者さんを捜しまわったが、どこも昼休みで、次は三時半とか四時というちばかり。それまで待つのが気が気じゃない。

本には応急処置としてかん腸してやるのがよいと書いてあったので、買ってきて、してやった。そうしたら、おなかがいたいのはとれて、眠ってしまった。四時半ごろ目をさましたので、やっと近所のお医者さんに連れて行ってみてもらった。風邪と、冷たいものの飲みすぎで、おなかが弱っていると言われ、お薬をもらってきた。何も食べてないし、ぐったりしているので、もう大きいのにバギーカーで運んだ。

帰りには「おなかすいた」と言い出したので、おそば屋さんで月見うどんを食べさせた。うちに帰ったらもう元気になっていた。お医者さんには、夜になったら熱が出るかも知れない、と言われたけれど、幸い熱も出ないで、次の日はけろっとしていた。子どもの病気は本当にわからない。

唱はこのごろ、「さしすせそ」が言えるようになった。「ちゃちちゅちぇちょ」だったのが、少しずつ正しい日本語になってきた。唱が「おちゃかな」と言うのを私が「おさかなよ」と直すと、そばで夫が「せっかくかわいいんだから直すな直すな」と言っていた。無理に直さないでも、もう幼児語ではなくなってきた。でも夢中になって話していると、ときどき「おみじゅ」となって、自分で気がついてすぐ「おみず」と言い直したりする。

あいかわらず回るものを描くのが好きだけれど、このごろは字にも興味を持つようになった。もともと唱はAとBは知っていた。これはレコードのA面とB面で覚えたので、回るものへの興味に関連した知識だった。今は絵本の文字、テレビの画面に出てくる文字、町の看板の文字など、どんどん指さして「これなんていう字？」と聞く。

アルファベットは半分くらいわかるし、たどたどしいけれど少し書くこともできる。数字はだいたいわかる。ただし書く時に、左右逆になってしまうことが多い。これも私が直してやろうとすると夫が、「いずれ正しく覚えるから直すな」と言う。

カタカナとひらがながあるのが、どうもわからないらしい。漢字もそうだ。道に書いてある「止まれ」を読んでくれと言うから、「と・ま・れ」と読んでやると、「とは違うよー」という。「と」を知っているから、ほかの字が出てくるとこんがらがってしまうらしい。アルファベットの大文字と小文字も困る。

私はつい欲が出て、もっと覚えさせようと思って、「この字は何ていうの？」などと言ってもぜんぜんだめで、関係ないことをしゃべり始める。どうも教えこもうとするのはだめらしく、自分から興味を持つから本人も面白いのだろう。聞かれた時には面倒がらずに答えてやろうと思っている。

これはお兄ちゃんだよ

八月十五日に私は二男を出産した。予定日より三週間以上早く、二六〇〇グラムの小さな子だった。でも未熟児のガラス箱には入らなくてすんだ。実はその前々日に芝刈り機を買ったので、それが面白くて、私は庭の芝を刈ったのだった。手動式の芝刈り機はなかなか重たく、手に豆ができるほどで、本当は妊婦のする作業ではなかった。夫が帰ってきて「こんなバカと結婚したとは思わなかった」と言った。

二日後の明け方に陣痛が来て、タクシーですぐ病院へ。それから八時間たって、男の子が生まれたのです。

入院の時は、長男の唱を起こして、夫と三人ででかけた。私が分娩室へ入り、何時に生まれるかわからないので、夫と唱はいったんうちに帰った。私の実家に知らせて、唱を見てもらう。母が病院に来て、父が唱をつれて、私の兄のところへ行った。

あとで兄の奥さんにきいた話――奥さんが唱に「かーかん何してた？」と聞いたら「乳母車みたいのに乗ってた」と言い、「とーたん何してた？」と聞いたら「あっち行ったり、こっち行ったりしてたよ」と言った。

生まれてから二時間半後、赤ん坊を家族に面会させてくれる。ガラスの窓の向こうとこっちでご対面。看護婦さんが赤ん坊を抱いて見せてくれる。その時は私は病室にいた。夫が唱に「赤ちゃん、赤いだろ」と言ったら、「オレンジっぽいピンクだよ」と言ったそうだ。

生まれた赤ん坊は、小さいわりには元気がよくて、ギャアギャア大声で泣いた。唱が生まれた時には、そんなに泣かなかったのに。

それから今度の子は生まれたとたんに、いきなり自分の顔にオシッコをひっかけた。看護婦さんがげらげら笑った。

私は今度は女の子が生まれると信じていたのだけれど、男の子だった。女の子の方が、私が年をとってから、今の私と私の母のように、いつも電話で会話をしたり、一緒にデパートに行ったりして楽しくやれる。男ときたら、私の兄もそうだし、夫もそうだし、家をいったん出たらなかなか家に寄りつかない。そう思ったから、次は女の子を望んだ。でも男一人女一人では結局一人っ子と同じだという話も聞くし、唱のためには妹より弟の方が仲間になれていいだろう。

出産二日目で、赤ちゃんは私の病室に連れて来られる。それから私の隣のベビーベッドで寝る。今回は何とか母乳で育てようと、がんばっている。母乳の方が赤ん坊に病気に対する抵抗力ができていいし、母親も楽だ。唱の時はあまり母乳が出なかったので、ミルクに助けられたけれど、考えてみると、ミルクは牛のオッパイだから、生まれたての赤ちゃんに、モーと鳴く毛むくじゃらの牛のオッパイをあげるより、やっぱり人間のオッパイをあげた方がいいに決まってる。

唱が病室に来た。「赤ちゃんと握手しなさい」と言ったら、手を出しかけてすぐひっこめ、あとずさりして遠くから見ていた。病室から仕事場の父親に唱が電話した。電話の向こうで夫が唱に「赤ちゃんかわいいか」と聞いたらしい。唱は「唱ちゃんわかんないんだよ、かーかんはかわいい?」と私に聞いた。

退院後、私の実家へ。ベビーベッドに赤ん坊を寝かせたら、唱がベッドをのぞきこんで、だれも教えないのに「これはお兄ちゃんだよ。はじめまして」と言った。

大変革

下の子どもが生まれると、上の子がシットをするという話をよく聞かされる。それは下の子どもばかり面倒みたりかわいがったりして、上の子どもに付き合う時間がなくなるからで、そうなると上の子は下の子に母親をとられたような気持ちになるのだろう。

だから私はずいぶん気をつかって、唱をだっこしてやったりする。妊娠中はだっこできなかったから、唱の方もその分余計にだっこして欲しいと思っているようで、もう三歳と九か月だけど、私が「だっこ」と手を出すと、必ずだっこされに来る。そのかわり、そういう時は甘ったれの言葉遣いになる。

この時期に言葉遣いが退化したり、赤ん坊っぽくなったりする、ということもよく聞くけれど、本当にそうだ。りっちゃん（これが下の子の名前。「率」と書く）のベビーベッドに入って寝ころんでから、「たっちできなくなっちゃった」と、いつまでも寝ていたりしたこともある。牛乳はコップから飲まなくなって、哺乳びんで飲みたがる。それも私がだっこしてやらないと飲まないので、面倒なことになってしまった。でもついつい言うなりに甘やかしてしまうので、余計に唱は甘ったれることになる。

経験のあるお母さんたちから、プレゼントの話も聞かされた。それは誕生祝いは下の子に届くので、上の子が寂しがるという話。下の子にお祝いが届くたびに、前もって用意していたおもちゃなどを、上の子に「これはあなたに」と上げていたお母さんもいる。私は立派なお祝いが届いても、唱の前では「まあこんなすてきなもの」というように言わないで、そっとしまうようにしている。下の子でなく、唱に「お兄ちゃんになったお祝い」とプレゼントをくれたお母さんも二人。どちらも三人子どもがいるベテランお母さんだ。

そういうわけで、唱は甘ったれにはなったけれど、赤ん坊にシットしないで、よくかわいがる。いつも手にさわったり、おでこをなでたり、ほっぺたをくっつけたりしている。ある日は「だっこさせて」と言ったので、私が赤ん坊の頭をしっかりおさえて、だっこさせてやった。ほっぺにちゅーをするので、私が「かーかんにもちゅーしてよ」と言ったら、「りっちゃんかわいいけど、かーかんかわいくないからだめだよ」と言った。それから夫が、まだ赤ちゃんの人格を認めてないらしくて、赤ちゃんを指して「これ」と言ったら、唱が聞きとがめて「これって言わないんだよ。りっちゃんだよー」と言った。「りっちゃん大きくなるのおそいねー」と言うこともある。すぐ大きくなると思っているのかしら。

九月二十二日、わが家にとっては大変革が起きた。それは唱が一人で友だちのうちにいたこと。唱は自分のうちにいても、私がついていないと友だちとなかなか遊ばないし、私がトイレに入ると、一緒に入ってきて中からカギ締めてしまうほどだった。だから私がついていないと、よそのうちで遊ぶことなど絶対になかったのだ。それがその日は、近所の同い年の女の子のうちへ連れて行って、私だけ帰ってきた。唱は一人でそのうちに二十分いたのだった。たった二十分でも、唱にとっては大変な出来事なのだ。私はいつ泣いて帰ってくるかと、ドキドキして時計ばかり見ていた。友だちのお母さんに連れられて帰ってきた。泣いていなかった。あとでお母さんに聞いたら、「きょうはこれまで」と言ったそうだ。

　その一週間後、今度は四十分になった。唱は甘ったれる反面、お兄ちゃんとしての自覚が出てきたのかも知れない。

人生の意味も知らずに

親戚の結婚披露宴に出た。唱を連れて行った。夫は率とお留守番。

披露宴ではお客さんが次々に立って祝辞を述べる。祝辞の中には「人生」という言葉がたくさん出てくる。それを聞くたびに唱は、「人生楽ありゃ苦もあるさー」と大声で歌い出す。みんなしーんとしている席だからよく聞こえる。花嫁さんより目立ってしまった。

私はすてきなロングドレスを着て気取っているのに、これでは全く格好がつかない。「しつけ」のことも考えなきゃいけないなあと思った。

恥ずかしくもあり、この歌を歌っている唱をかわいらしいとも思う。まだ人生なんて言葉の意味もわからないのに、唱は最近この歌に凝っていて、毎日のように歌う。この歌はテレビの「水戸黄門」の主題歌だ。わが家では あまり時代劇は見ないから知らなかったのだが、おじいちゃん（私の父）が大好きで、唱は、実家に預かってもらっている間に覚えたのだった。

ある日、唱は「人生のテレビに扇風機みたいな模様がついてるねー」と言った。何のことかさっぱりわからない。夫が「わかった、わかった」とニヤニヤして「葵《あおい》の紋のことだよ」と教えてくれた。それでもまだ私にはピンと来ない。説明をきくと、「人生のテレビ」というのは「水戸黄門」のこと。黄門様の家紋の葵は扇風機の三枚羽根に似ている、というわけで、こういう話は私の知識では手に負えません。唱のために勉強しなければならないことが、これからいっぱいありそうです。

唱は弟をかわいいと思うらしく、一日に何度もベビーベッドによじ登って、寝ている率の顔をのぞき込んでいる。私が赤ちゃんを抱いていると、必ず唱はそばに来る。そして赤ちゃんの顔のまわりで自分の指を一回転させて「まーるい顔」と言う。これは毎日のしきたりになってしまった。「りっちゃん目あくとかわいいねー」とか、「泣くとカニみたい」などと言うこともある。

率は順調に育っている。小さく生まれたけれど、今は標準の大きさになった。今のところまだ母乳も出る。母乳で育てた子はミルクの子より丈夫だという。唱の時はほとんど母乳が出なかった。唱は風邪をひきやすいし、ちょっと風邪をひくとすぐのどをヒューヒューやったりする。それも母乳じゃなかったせいだろうか。唱に気の毒なことをしたと私は後悔している。唱の時も早くあきらめないでがんばれば母乳で育てることができたかも知れないのに。

唱の友だちは何人かいるが、子どもにも子ども同士の相性があるらしくて、唱がどうしても仲よくしない子がいる。気をつけて見ていると、唱よりほんの少し年上（と言っても数か月上）の男の子がだめで、それはたぶん唱より少し成長しているので唱の言うことをきかないせいだろう。唱が何か言うと「ちがうよ、そうじゃないよ」とすぐ否定されてしまう。二つ位年上になると、唱がおかしなことを言っても聞いてやるだけの余裕がある。そういう子には唱もなついている。ほんの少し年下の子ともうまくいく。小さい子は従順だからいいらしい。唱は自分が友だちをリードしたいらしいのだ。

今日、唱は初めて一人でお隣のうちへ遊びに行った。庭続きなのに庭まで入ったのがついこの間。上がるのは初めて。お隣は男の子ばかり三人兄弟で、仲よくなってくれればいいと思っていた。三人はうちへよく遊びに来るけれど、唱はなかなか行かなかった。お隣が引っ越して来てから半年たって、ようやくうちの中に入って行った。

友だちになれるのはいつ

今月で、唱は四歳。「子育て日記」を書き始めたのは、一歳になったばかりのときだった。そして二男の率は四か月になる。子どもは一人でも大変なものだけれど、二人になると一人だけの時にはまだ感じなかった子育ての苦労があるものだ。

ある日、子どもを二人連れて電車で実家に行った。行きは率をだっこして、哺乳びんとおむつを持って、唱には道路を渡る時と電車の乗り降りの時に「しっかりつかまってなさいよ」と言ってスカートにつかまらせる。私が早く歩きすぎたので、唱はあおむけに転んで泣き出した。それでも行きはまだよかった。実家に行くとつい長居をして、帰りは夜になり、雨が降りだして急に冷え込んだ。昼間は暖かかったから用意をしていない。唱には実家に置いてあった私のセーターをだぶだぶだけど着せて、ぶかぶかズボンのすそをまくってはかせ、私は率をおんぶした。父の兵児帯《へこ》を二本つないで率と私をぐるぐる巻きにした。まだ首がすわってないので、がくんとならないように、母の毛糸のコートを頭にしっかりとかぶせ、私の首のところでしっかりとおさえられるようにブローチでとめた。

三人ともひどい配色のスタイルだ。とてもイラストレーターの家族とは思えない。知ってる人に会ったらどうしよう。行きの荷物の上に、借りた男物のカサをさして、唱にはコートのすそを持たせ、ふうふう言って電車に乗った。車内は暑くて汗だく。窓ガラスに映して率を見ると、コートの中に埋まって顔が見えない。窒息しているんじゃないかと思うといても立ってもいられなくなって、片手で率をおさえながらもう一方の手で兵児帯のぐるぐる巻きを解いてシートに寝かせた。率は動かない。「率ちゃん、率ちゃん」とゆり動かしたり、鼻のところに手をやったりしていると、ほかの乗客が不思議そうに私の方を見る。率は眠っていただけだった。

ようやく動いたので安心していると、今度は唱が「かーかん、おしっこ」と言う。私のまん前には、中年のばりっとした外国の男の人がいる。少しは格好つけようと思ったが、格好のつけようがない。私は率が使ったぬれたおむつの入ったビニール袋をあけて「この中にしなさい」と言った。

そんなところではなかなかしないが、やっとして、金魚の袋みたいになったのをバッグにしまう。

そのうち唱も眠ってしまった。唱を抱いて、片方では率が落っこちないように右足で支える。私は足を大きく開いた格好で、そのまま終点まで。髪ふり乱してへとへとになって家までたどりつき、実家に来ていた妹に電話すると、ゲラゲラ笑って「お姉ちゃんの格好すごかったわねえ。もし私が一緒に行っても、知らない人みたいな顔して、離れたところに乗ったわよ」と言われた。

唱がある日、「汽車（おもちゃ）にいれるからナマヌルイ電池ちょうだい」と言う。何のことかわからないので、「え?」と言うと、「小型のじゃなくてナマヌルイ方だよ」と言う。しばらく間《ま》があったが、横で寝ていた夫ががばっと起きて、「わかった」と言った。「ふろに入る時、熱い、冷たい、ナマヌルイと言うだろ。だから中間のことを言ってるんだ」。そこで唱に中くらいの電池を見せたら、うれしそうに「そうだよ、これだよ」と言った。唱はだいぶいろいろなことがわかってきて「小型」なんて言うくせに、とんでもない思い違いをしておぼえているものもあるのだ。

私たちの友人のアメリカの人で、ケンさんという人がいる（NHKの「テレビファソラシド」に顔を出す人）。この人のお母さんはまだ若い。彼はお母さんをマザーと呼ばないで名前で呼んでいる。お母さんはケンを十八歳で生んだ。青春を子育てにささげた。ケンが高校を卒業した日にお母さんはケンに「今日まで十八年間、料理、洗濯すべてあなたにつくして来たけど、今日からは友だちになりましょう」と言った。それからケンとお母さんは、友だちと同じつき合い方をしているのだそうだ。私が唱や率と友だちになれるのは、いつのことかしら。

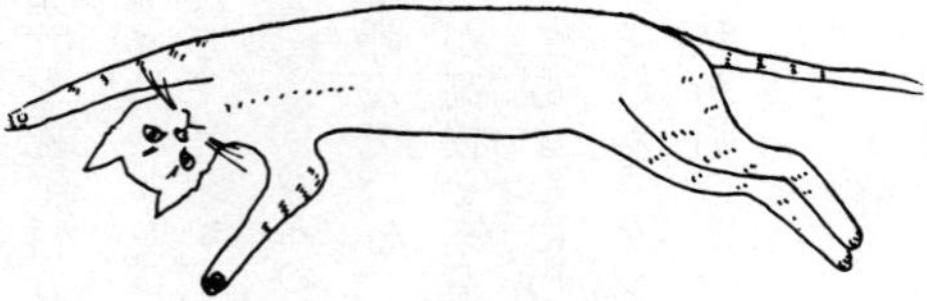

全てのお母さんに

和田　唱

扇風機の絵ばかり描いて、同い年の子とはすぐケンカになっちゃって、風邪をひくとかなりの確率で気管支炎になる、この本の中に出て来るそんな幼い唱ちゃん。時が経ち、彼はいま三七歳の一端の大人となり、とても不思議な、それでいてとても暖かい気分に包まれてこれを書いている。

個人的な能力なのか、与えてもらった環境にインパクトがあったのか、僕は記憶力がまぁまぁ良い方で、特に幼少時代の記憶の多くが凄まじい威力で焼き付いている。けれど、さすがに二歳の頃までというのはほとんど未知の世界である。

とはいえしっかりその時代を青山のアパートで、オムツを履きながらも生きていたわけで（憧れの七〇年代だ！）、僕はその「空白の時代」を覗いてみたいものだ、と、ファンタジーとは知りつつ、いつも思っていた。

今回この本の感想を担当することになり、母から原本を渡されたのだが、なんだか恥ずかしいような変な感じで、なかなかページを開く気になれなかった。この歳で照れるのはみっともないが、今の自分より若い母親に触れるのは息子にとってはくすぐったいものなのだ、きっと。でもいざ読み始めると、魔法のように吸い込まれた。書いてる人のグルーヴ感が自分と似ているんだから仕方がない。さすが親子だ。何よりこんなコラムを残してくれていたなんて！

文字通り僕はタイムマシーンに乗って青山のアパートやあの時代の母や父に会って来た。そして今はもうこの世にいないジジイ、バアバンにも。最高の体験だ！　みんな若い、若い！　何度も笑ったりホロリとしたり、僕にとっては特にエモーショナルな本かもしれない。

何しろほとんどのページに僕が登場するんだから！

それにセラピーのような効果もあった。ちょっと大げさに言えば、かつてジョン・レノンも受けたプライマル・スクリーム療法みたいな。

これは幼少期のトラウマと正面から向き合って、大声で叫んで抑制から解き放つっていう、結構シリアスなもの。

僕の場合はもう少しライトだけど、じんわり解き放たれた気がする。今でも「俺っておかしいかな?」と思ってる部分の原因究明にも繋がった。こうして息子はまた成長していく。人生は面白い。お母さん、俺と同じ歳くらいのあなたが時空を超えて俺の成長に一役買ったよ。

今回、何が一番驚いていて、言いたいかというと、母がこれ以上ない程に「母親」だった事実を知れた事だ。何を言っているのかとビックリされてしまうだろう。もちろん、家族の事を誰よりも愛し、一番に考えている母だし、そんな事は知っている。

でもどうしたって母のパブリックイメージがある。いわゆるテレビで見る母とはまた別の、家族しか知らない母にも家族なりのパブリックイメージがあるのだ。サービス精神や、もしかしたら照れ隠しから来るものもあるのだろうが、それは時として、一般的に言う母親らしさや女らしさ、か弱さとは無縁の世界だ。ご想像いただけるだろうか。

中学生の頃までは、授業参観日なんかも僕にとって相当な覚悟で挑まなければならないものだった。母は大人しくなんかしてられない。

特に学級会（生徒達で一つの問題について意見をぶつけ合う授業）なんて子供達があれこれ真剣に、ムキになって話し合うのがたまらなく可愛く映るらしく、「かわいい！　かわいい！」と囁くのが後ろから聞こえて来る。そうなると教室内の緊張感は一気にそがれ、母に対するクスクス笑いは入り乱れ、生徒達のなんとも言えない視線が僕へ飛んで来るわけだ。

音楽の授業もあった。吹奏楽部の女の子達が父兄達へ歓迎の合奏をした時、おしとやかにそれを見守るお母様方の中、うちの母だけはノリノリのダンスで対応するという、デリケートな年頃の僕には、夢であってくれ！　と願う光景を目の前で繰り広げてくれた。一体何度、家に帰って母を怒鳴ったことだろう。「どうして普通でいてくれないんだ！」「どうして普通のお母さんみたいに大人しくしててくれないんだ！」。悪いことをしている自覚のない母はそんな僕に対して心から詫びる事はなかった。

「いいじゃない！　いい音楽だったんだから！」といった具合。

僕はいつだって母に謝らせたかった気がする。あの頃はこの気持ちを分かって欲しかった。理想の母親像をまくしたてたりした。甘ったれで自信がなかったからなのか、もっと心から繋がりたいと思っていたのか、よく分からない。けれど、ごめん！　ごめん！　ごめん！　ごめん！　謝らなきゃいけないのは僕だ。本を読んで確信した。これ以上ない理想的で人間的な母親が僕を育てていたのだ。

そしてその一〇〇倍「ありがとう」と言いたい。生んでくれて。この三七年間、そしてこの先もずっと心の支えでいてくれて。

父にも同じく、心の奥底から感謝している。その寛大で、ルールに縛られない、最高のセンスを持った父の存在無しに、今の自分は有り得ない。同じくリー（率）にとても感謝している。生まれてくれなかったら、僕は頼りない男で終わっていたかもしれない（笑）。

それは冗談としても、弟の存在はやっぱり偉大なものだ。何より仲の良いこの家族の一員であることがとても誇りだ。これ以外の人生は考えられないし、本当に自分は幸せ者だと言い切れる。普段はこんなこと言えないし、こんな機会もめったにないから、この際もっと言ってしまおうとも思うけれど、家族の物語はまだまだ途中。更なるドラマの訪れを期待して、この辺りで止めておこう。

この度この本を読んでくれた新品のお母さん達（未来のママ、熟練のお母ちゃやまも！）が、笑いながら勇気と自信を持ってくれたらなぁと思う。こんな家族の形もあるんだ、自由でいいんだと思ってもらえたら幸いだ。何より子供達に愛情をたっぷり注いであげて欲しい。好きなことをたくさんさせてあげて欲しい。もちろん叱るところはしっかりと。勉強もしっかりと。例えそのバランスをどこかで間違えてしまっても、今これを書いている男は元気で忙しく、そして母親を想っている事をたまに思い出してもらえればと思う。

全てのお母さんに敬意を表して。

初　出

ド・レミの子守歌　Ⅰ

文化出版局から出ている『すてきなおかあさん』というお母さんのための雑誌に一九七五年の九月号から七六年四月号まで連載したものです。八回の連載のうち六回めまで、私はまだお母さんではなく、本当にお母さんになれるかどうか心配していたのです。日記も家計簿もつけたことがない私にとっては、この連載は自分にとっての思い出深い記録になりました。

ド・レミの子守歌　Ⅱ

読売新聞朝刊に一九七七年一月から七九年十二月まで、「子育てというもの」を書きました。「子育てというもの」は四人の執筆者のリレー形式で、一週間に一度掲載されました。

本書は、『ド・レミの歌』（中公文庫、一九八四年二月刊）の「ド・レミの子守歌」に、「子育てというもの」（「読売新聞」朝刊、一九七七年一月―一九七九年十二月掲載）を加えて、新たに編集したものです。

中公文庫

ド・レミの子守歌《こもりうた》

2013年 7 月25日　初版発行
2018年 9 月20日　再版発行

著　者　平《ひら》野《の》 レミ

発行者　松田 陽三

発行所　中央公論新社
〒100-8152　東京都千代田区大手町1-7-1
電話　販売 03-5299-1730　編集 03-5299-1890
URL http://www.chuko.co.jp/

印　刷　三晃印刷
製　本　小泉製本

Published by CHUOKORON-SHINSHA, INC.
Printed in Japan　ISBN978-4-12-205812-5 C1195

中公文庫既刊より

む-4-3
中国行きのスロウ・ボート
村上春樹
1983年――友よ、ぼくらは時代の唄に出会う。中国人とのふとした出会いを通して青春の追憶と内なる魂の旅を描く表題作他六篇。著者初の短篇集。
202840-1

む-4-4
使いみちのない風景
村上春樹 文
稲越功一 写真
ふと甦る鮮烈な風景、その使いみちを僕らは知らない――作家と写真家が紡ぐ失われた風景の束の間の記憶。文庫版新収録の2エッセイ、カラー写真58点。
203210-1

む-4-9
Carver's Dozen レイモンド・カーヴァー傑作選
カーヴァー
村上春樹 編訳
レイモンド・カーヴァーの全作品の中から、偏愛する短篇、エッセイ、詩12篇を新たに訳し直した〝村上版ベスト・セレクション〟。作品解説・年譜付。
202957-6

む-4-10
犬の人生
マーク・ストランド
村上春樹 訳
「僕は以前は犬だったんだよ」……とことんオフビートで限りなく繊細。村上春樹が見出した、アメリカ現代詩界を代表する詩人の異色の処女〈小説集〉。
203928-5

シ-1-2
ボートの三人男
J・K・ジェローム
丸谷才一 訳
テムズ河をボートで漕ぎだした三人の紳士と犬の愉快で滑稽、皮肉で珍妙な物語。イギリス独特の深い味わいの傑作ユーモア小説。〈解説〉井上ひさし
205301-4

ホ-3-2
ポー名作集
E・A・ポー
丸谷才一 訳
理性と夢幻、不安と狂気が綾なす美の世界――短篇の名手ポーの代表的傑作「モルグ街の殺人」「黄金虫」「黒猫」「アシャー館の崩壊」全八篇を格調高い丸谷訳でおさめる。
205347-2

タ-8-1
虫とけものと家族たち
ジェラルド・ダレル
池澤夏樹 訳
ギリシアのコルフ島に移住してきた変わり者のダレル一家がまきおこす珍事件の数々。溢れるユーモアと豊かな自然、虫や動物への愛情に彩られた楽園の物語。
205970-2

各書目の下段の数字はＩＳＢＮコードです。978-4-12が省略してあります。